鴻上尚史

ドン・キホーテ走る

白水社

キフシャム国の冒険

装丁　図工ファイブ

目次

ごあいさつ

子供を持つまでは、幼児虐待《ようじぎゃくたい》のニュースは普通に見られました。子供の死亡のニュースは、大人の死亡のニュースと同じく、どちらも、哀しくつらいものでした。

ところが、子供ができると、虐待のニュースは痛くて痛くて、聞くことも見ることもできなくなりました。「育児に疲れ、どうやって子供を殴り、どんなふうに死なせたか」なんてニュースを読んだり見たりするエネルギーも勇気も出なくなるのです。

ニュースに少し接するだけで、具体的に胸が痛くなります。ざわざわと身体全体が揺れ、鼓動が高まり、身が引き裂かれるような感覚に包まれるのです。

この事実は、僕にとって衝撃《しょうげき》でした。

ただ子供を持つだけで、こんなにもニュースの印象とインパクトが違うのかと愕然《がくぜん》としました。

僕だけのことなのかと思って、子供を持つ人にこの話をすると、みんなうなづきました。子供を持つと、子供が死んだというニュースを見られなくなる、自分がそんな感覚を持ったことに自分で衝撃を受けたというのです。

「極限の育児疲れで幼児虐待」「再婚相手の子供をベランダから」なんていうネットや週刊誌のヘッドや見出しは、それだけでもうダメです。そこから先に読み進めていく気力がまったく生まれないのです。

そして、思います。

人間の想像力なんてたいしたことないなあと。

僕は作家です。30年以上、想像力で物語を創ってきました。想像力が僕の武器だと思ってきました。

なのに僕は、具体的に子供を持つまでは、育児疲れも夜泣きも幼児虐待も子育ての大変さも、本当の意味では理解していなかったのです。

もちろん、子供が登場し、死ぬ映画や小説に涙してきました。けれど、その痛みは本当に体を突き刺すものではなかったと今分かるのです。

それはお前の想像力が甘かったからだと言われたらそれまでです。けれど、僕は話し相手に子供がいると知ると、必ずこのことを聞きました。今まで、例外なく全員が、「子供を持つと見られなくなったニュースがある」と答えました。

想像力を使って相手の立場に立とうと僕達は語り、育ってきました。けれど、具体的にその立場に立たない限り、本当のところは何も分からないと痛感するのです。

子供を持って初めて、人間の想像力なんてたいしたことないじゃないかと、僕は知ったのです。

だから、僕は思います。

あの人の哀しみもこの人のつらさも、本当のことは誰にも分からないだろうと。いじめられている子供のつらさも、愛する者を失った人の哀しみも、裏切られた人の絶望も、具体的に同じ立場に立たない限り、リアルには分からないだろうと。

けれどそれは哀しいことだけではないと、貧困な想像力で思います。それは哀しみと同時に勇気をくれることだと。

相手が理解してくれないこと、自分が理解できないことは、ただ、同じ立場に立ってないということを示しているだけなんだ。だから、相手は冷酷でも無関心でも無神経でも冷血でもなく、ただ同じ立場に立ってないから同じ感覚を持ってないだけなんだ。そう思えることは、哀しみと同時に生きていく勇気をくれるのです。

目の前に、激しい哀しみを持った人がいたら、何ができるだろうと考えます。

想像力ですべてが乗り越えられるとは思わないことと、何もかもが癒《いや》せると思わないことは、似ているような気がします。

世の中には癒せないものがある。世の中には慰《なぐさ》められないのものがある。どんなにがんばっても、どんなに必死になっても、どんなに命をかけても、届かないものがある。伝えられないものがある。

そう思うことは、やっぱり、哀しみと同時に勇気をくれるのです。

届かないこと、癒せないことが当たり前なら、哀しんでいる時間にもう一度声をかけてみようかと思えるからです。

それはきっと、あなたの哀しみを癒せないけれど、あなたの哀しみをほんの少し休ませたいと思うことと似ているような気がします。


この作品の冒頭は、1年前、「震災 SHINSAI―Theaters For Japan」という企画のために書いたものです。アメリカの劇作家達が呼びかけ、日米の劇作家が震災についての短編作品を書き、アメリカと日本でリーディング上演されました。

冒頭を書いた後、ずっとその後を書きたいと思っていました。こうやって形にできたことを関係各位に本当に感謝します。

今日はようこそいらっしゃいました。ごゆっくりお楽しみください。んじゃ。

鴻上尚史

登場人物

中田《なかた》奈緒美《なおみ》（35歳）……パート主婦。震災の津波で夫と一人息子が行方不明のまま、五カ月が過ぎる。

イリマ王子《おうじ》……キフシャム国の王子。四カ月ほど前に、父親ハシモリ王を失う。
トコフ……キフシャム国の第一執事の古狸。イリマ王子を助ける。
ハシモリ王《おう》……大樹の精霊。キフシャム国の先代の王。
タチアカ……キフシャム国の沼の王。イリマ王子とは異母兄弟。
グランド・ゲート・キーパー（略してＧＧＫ）……冥界の扉の大門番。
ケルベロス……頭が三つある、冥界の番犬。歌好き。

中田《なかた》明雄《あきお》（35歳）……奈緒美の行方不明の夫。会社員。
関口《せきぐち》勇次《ゆうじ》（50歳）……大里町の職員。
小野《おの》雅司《まさし》（24歳）……奈緒美の行方不明の夫、中田明雄の部下。

カシハブ博士《はかせ》……キノコの精霊
ミスタン第二《だいに》執事《しつじ》……狐の魂。
ケンタウロス……半人半馬。
スフィンクス……半人半ライオン。
シュティーア……半人半乳牛。

タチアカの従者《じゅうしゃ》1・2
母親《ははおや》の黒衣《くろこ》1・2・3
旅《たび》の黒衣《くろこ》1・2
家来《けらい》1・2・3
ゲートキーパー（GK）1・2・3

※実際の上演では、これだけの登場人物を俳優10人で演じた。これがこの戯曲の上演可能最小人数だと思う。最大は30人から50人ほどであろうか。
ちなみに、最小10人の分担は、

「イリマ王子・小野」

「奈緒美」

「関口・GGK・ハシモリ王」

「トコフ」

「明雄・タチアカ・ケルベロス」

「カシハブ・スフィンクス・母親の黒衣2・旅の黒衣2」

「ミスタン・シュティーア・母親の黒衣3・旅の黒衣1」

「家来1・GK3・ケンタウロス・母親の黒衣1」

「従者1・GK1・家来2」

「従者2・GK2・家来3」

である。

第一章

暗闇の中に、家族三人が映った微笑ましい家族写真が大きく映される。

父親・中田明雄、母親・奈緒美、息子・拓也（6歳）の三人の姿だ。

次々に十枚ほどが映される中、テーブルでアルバムを見ている中田奈緒美の姿が浮かび上がる。

中田家のリビングルーム。椅子に座って、じっとアルバムを見つめる奈緒美。

と、玄関の戸を叩く音。

はっとする奈緒美。思わず椅子から立ち上がる。

写真が消える。


関口（声） 中田さん！　中田さん！　すみません！


奈緒美、ためらうが上手、玄関へと去る。

写真の代わりに文字が映される。

「明日かもしれない未来、夕暮れ」

上手の玄関から声が聞こえる。

奈緒美（声） お帰り下さい。
関口（声） 中田さん、とにかく話を聞いて下さい。
奈緒美（声） でも、
関口（声） お願いします。

奈緒美が困ったという顔で登場。
関口が続く。関口は、50歳前後。真面目な印象で、シャツにネクタイの上に作業着を羽織っている。
室内を見回して驚く。

関口 中田さん。なんの準備もしてないじゃないですか。
奈緒美 ……。
関口 ここは、国が指定した強制避難区域《きょうせいひなんくいき》になったんです。避難しないと罪になるんですよ。
奈緒美 私は引っ越すつもりはないんです。
関口 放射線《ほうしゃせん》が飛んできてるんですよ。この地域は、年間20ミリシーベルトを確実に越える放射線なんです。一刻も早く避難しないと、中田さんの体が危ないんです。
奈緒美 私は引っ越すつもりはないんです。
関口 中田さん、私も荷造り、手伝いますから。さあ。（と、片づけようとする）
奈緒美 私は引っ越しません！
関口 （手が止まり）中田さん、どうしてなんですか？ どうして避難したくないのか、理由を教えてくれませんか。これじゃあ、今までの繰り返しです。

奈緒美　……。

関口　中田さん。黙《だま》ってたら、警察を呼ぶしかないんですよ。強制避難命令が出てるんですから！

奈緒美　……主人が帰ってくるかもしれませんから。

関口　えっ……。

奈緒美　主人が帰ってきた時、家に誰もいなかったら困るでしょう。だから、ここを動けないんです。

関口　……。

と、玄関が叩かれる。

ハッとする奈緒美と関口。

小野（声）　奈緒美さん！　僕です。小野です！

奈緒美、玄関に去る。

関口　そんな、もう五カ月もたってるのに……。

と、奈緒美に導かれて、小野雅司が大きなダンボールを抱えて入ってくる。

小野は二十代前半、サラリーマンスーツを着ている。

奈緒美　いつもすみません。

小野　いいんですよ。（関口に）あ、こんにちは。（奈緒美に）これ、台所ですか？　（と、抱えているダンボールを示す）

奈緒美　はい。

小野、さっと下手に去る。
奈緒美、テーブルの上のアルバムを取って、小野を追う。
戸惑う関口。下手の台所を伺う。
と、すぐに小野が戻ってくる。

小野　……中田さんのお知り合いですか？

関口　いえ。私は大里町《おおさとちょう》の職員で、関口《せきぐち》と言います。

小野　役場の人ですか。だから、ここに来れたんですね。

関口　失礼ですが、あなたは？

小野　奈緒美さんの御主人の部下で、小野と言います。

関口　部下……。

と、奈緒美が、コーヒーを二つ、お盆に載せて登場。

奈緒美　コーヒー、どうぞ。（関口に）あの、これ、飲んだら、どうぞ、お帰り下さい。（と、テーブルに置く）

関口　中田さん。玄関のドアに張り紙をして避難するのはどうですか？　今はここにいるから、連絡して欲しいって。そしたら、

奈緒美　記憶をなくしているかもしれません。

関口　え？

奈緒美　自分が誰か分からず、ただ、無意識にここに立ち寄るかもしれません。その時、張り紙だけだと、主人、分からないと思うんです。私がいて、ちゃんと声をかけないと、ダメなんです。

関口　……。

奈緒美　私のこと、狂っていると思ってますか？

関口　えっ……。

奈緒美　自分でもおかしいと思うんです。でも、あの人の遺体を見るまでは、納得できないんです。行方不明ということは、いつか、行方が分かるということだと思うんです。津波に巻き込まれ、ビルに叩きつけられ、流木に頭を打たれて、意識と記憶をなくしたあの人が、どこかの土地か海の上をさまよっている可能性は、ゼロじゃないと思うんです。だから、私は、ここを動きたくないんです。いえ、動いたらダメなんです。

関口　……。

奈緒美　ですから、もうお帰り下さい。

関口　中田さん、地震から五カ月たったんです。言いにくいことですが、

奈緒美　（突然）拓也《たくや》、起きたの？　お腹、空いた？

奈緒美が、唐突に誰もいない空間に向かって話し出す。驚く、関口と小野。

奈緒美　（拓也の言葉にうなずいて）そう。小野さんがお菓子を持ってきてくれたから、食べる？

小野　……奈緒美さん、あの、

奈緒美　ええ、拓也が昨日、帰って来たんです！　１５８日目の奇跡です。拓也が起きたらすぐに、小野さんに言おうと思ってたんです。拓也、「こんにちは」は？　……はい。いい子ね。

小野　……。

奈緒美　拓也、ちょっと待ってね。小野さんがくれたお菓子、持ってくるから。

奈緒美、去る。
思わず顔を見合わせる、小野と関口。

関口　……行方不明ですよね。

小野　ええ。保育園自体、流されて。

関口　……。

小野　こんなことって……。

奈緒美がポテトチップの入った菓子袋を持ってくる。

奈緒美　拓也、ポテトチップス、どう？　小野さんにちゃんとお礼を言うのよ。……小野さん、拓也が食べていいですかって？

小野　えっ、ええ。（誰もいない空間に手を出して）どうぞ、どうぞ。
奈緒美　小野さん、拓也、ここですよ。可笑《おか》しい。
小野　えっ。ああ。こっちですか。拓也君、さあ、どうぞ。
奈緒美　（拓也に）はい、よく言えました。
関口　……息子さん、なんて言ってます？
奈緒美　えっ？
関口　ずっとどこにいたって？
奈緒美　覚えてないそうです。ねえ、拓也。とにかく、流されて、ふっと気がついたら、自分の家の前にいたんですって。記憶喪失だったんです。だから、主人だって、可能性はあるんです。小野さんも、そう思うでしょう？
小野　え、ええ。そうですね。
奈緒美　（関口に）ですから、私はここを動きません。もう、お帰り下さい。（拓也に）えっ？　ポテトチップスはやっぱり嫌？　そりゃ小野さんが他にもくれたけど。……じゃあ、台所に来なさい。一緒に見たらいいわ。失礼します。

誰もいない空間に手を伸ばし、拓也を連れて去る奈緒美。

関口　どうして食料を運んでるんですか？
小野　えっ？
関口　スーパーもコンビニも、とっくに閉まってるんです。小野さんが食料を運ぶのをやめれば、中田さんは引っ越さざるをえなくなります。どうして、運んでるんですか？
小野　上司の奥さんですから。
関口　それは中田さんを危険にする行為なんですよ。
小野　でも、旦那《だんな》さんが帰って来るかもしれないじゃないですか。
関口　本気で言ってるんですか？
小野　本気ですよ。
関口　五カ月以上行方不明の人は、帰ってきません。
小野　自分がどんなに残酷なことを言っているか分かってるんですか？
関口　どんなに残酷でも、事実です。あなただって、分かってるでしょう。
小野　（急に興奮して）帰って来るかもしれないでしょう！　突然、帰って来るかも！
関口　小野さん……。
小野　（興奮を押さえようとして）すみません……。
関口　……なにかあるんですか？
小野　なにかって？
関口　食料を運ぶ理由がなにかあるんですか？
小野　ないですよ。

間。

関口　小野さんの家族は大丈夫だったんですか？

小野　えっ？
関口　ご家族。大丈夫だったんですか？
小野　……ええ。実家はここじゃないんで。
関口　そうですか。地震で誰も亡くさなかったんですね。
小野　中田さんを亡くしました。
関口　そうでした。すみません。
小野　あなたは？
関口　私は……妻と母親が行方不明です。
小野　えっ。
関口　せめて電話が通じていれば、避難を勧められたんですけどね。

間。

小野　……奈緒美さん、おかしくなっちゃったんですよね。
関口　まあ……。
小野　狂ったんですかね。
関口　五カ月間も、たった一人でここにいるんです。先月からは電気も止まりました。おかしくならないほうがどうかしてますよ。
小野　……奈緒美さんがおかしくなったのは僕のせいです。
関口　えっ。

小野　……あの日、いつもの営業ルートを中田さんに代わってもらったんです。僕、前の日、飲みすぎて体調悪くて。だから、中田さん、海岸ルートを回ったんです。

別空間にスーツにネクタイ姿の中田明雄、登場。
三十代半ばの印象。

明雄　小野、なんだ、二日酔いかあ？　しょうがないなあ。じゃあ、俺が、海岸の方《ほう》も回ってやるよ。お前はどっかで休んでろ。所長に見つかんなよ。この貸しは高いぞお。

明雄、親しそうに笑いながら去る。

小野　もし、いつものルートを回ってたら、中田さんは津波に巻き込まれることはなかったんです。だから、僕のせいなんです。僕が、代わって欲しいって言わなかったら、中田さんは行方不明にならなかったんです。僕のせいなんです……

関口　……そのことは、奥さんには？

小野　言ってません。いえ、言えません。中田さんが津波に巻き込まれた理由が、僕の二日酔いのせいだなんて。そんなの、理由にならないじゃないですか。二日酔いの部下の仕事を代わって、行方不明になるなんて。もし、もしですよ、もし、中田さんが死んでいるとしても、人はもっとまともな理由で死ぬべきなんです。ガンとか政治的な対立とか、納得できる理由で死ぬべきなんです。部下の二日酔いのせいなんて、死ぬ理由じゃないんです。

関口　……。

奈緒美が見えない拓也の手を引いて戻ってくる。

奈緒美　拓也、小野さんと遊んでもらう？　なにしたい？　あれ、小野さん、どうしたんですか？
小野　いえ、なんでもないです。
奈緒美　えっ？　プロレスごっこ？　小野さん、拓也とプロレスごっこ、お願いしていいですか？
小野　えっ、ええ。はい。
奈緒美　さあ、拓也、小野さんに飛び掛かれー！
小野　（戸惑いを勢いで隠して）さあ、こい拓也君！
奈緒美　ダメよ。いきなり、そんなところ蹴ったら、小野さん痛いでしょう？
小野　えっ？
奈緒美　ダメだって。小野さん、痛くないですか？
小野　えっ、いえ、あの……さあ、来い、拓也君！
奈緒美　小野さん、すごいボケ。拓也、後ろですよ。
小野　こっちか！
奈緒美　こっちに回りましたよ。
小野　こっちか！
奈緒美　足の間ですよ。
小野　うわっ、またここ!?

小野、股間を押さえてアタフタする。

奈緒美　（楽しそうに）小野さん、子供と遊ぶ天才ですね。

小野　拓也君、ちょっと落ち着こう。

奈緒美　（関口に）もういいでしょう。どうか、お帰りください。

関口　中田さん。

奈緒美　拓也もここで一緒に主人を待つと言っています。ねえ、拓也。

小野は見えない拓也とプロレスごっこを続けている。

関口　……。

奈緒美　お帰りください。

関口　中田さん、もうすぐ強制的にここから立ち退かなくてはいけなくなるんですよ。

奈緒美　どこかに連れていかれても、私は必ずここに戻ります。刑務所に入れられても、絶対に戻ります。

関口　中田さん。あなたの体が心配なんです。

奈緒美　私の体は私が心配します。

関口　でも、法律違反なんですよ。

奈緒美　原発を許して、私を追い出すのなら、法律が間違ってるんです。どうか、お帰り下さい。

……ねえ、拓也。一緒にパパを待とうね。ほら、キックだ！　パンチ！　……疲れた？　少し休む？

関口　また来ます。

関口、去る。

奈緒美　え？　拓也、今度は木登り？　小野さんと一緒に登る？　どうかなあ。

小野　木登りですか？

奈緒美　（庭を指さして）あの木。この家が建つ前からあるんです。拓也、大好きで。

小野　あれは……梅ですか？

奈緒美　杏《あんず》の木です。

小野　杏。

奈緒美　……ダメよ。小野さんも忙しいんだから。え？　そんなに登りたいの？

小野　あの、僕、仕事に戻らないといけないんで、帰ります。

奈緒美　もうですか？　何か食べて行って下さいよ。作りますから。

小野　いえ、すみません。仕事が詰まってまして。

奈緒美　そうですか。どうも、今日はありがとうございました。また、拓也と遊んでやって下さいね。

小野　え、ええ。ええ。それじゃあ、（目が泳いで）拓也君、またね。

小野、去る。

残される奈緒美。

奈緒美　さあ、拓也、なにする？　テレビ？　ごめんね。テレビは映らないのよ。電気が来てないからね。じゃあ、お話？　いいよ。お話、しよう。どんなお話がいい？　そうだなー、ええとねー。

奈緒美、ふっと黙る。

暗転。

第二章

がれきが広がる風景が舞台一面に映される。
積み重なる廃材、生活の残骸、仕事の痕跡、人間の記録、日常の跡形。
奈緒美が登場。左手だけに軍手。

奈緒美　（がれきの空間に向かって）パパー！　（横を向いて）……うん、拓也、大きな声でたねー。うん、ママより大きな声だよ。じゃあ、今度は一緒に言ってみようか。いくよ。せーの、パパー！　……いいねえ、拓也。うん、きっとパパに届くよ。ママもこんなに大きな声出したの久しぶり。そう、ここにコンビニがあったの。あそこは、しーちゃんの家があったんだよ。うん。なんにもなくなっちゃったね。本当になんにもなくなっちゃったね。えっ、歌？　そうだね。歌、歌おうか。何歌う？　うん。分かった。じゃあ、一緒にね。

奈緒美、歌いながらがれきの中を歩き始める。
「世界中のこどもたちが」

奈緒美　（歌う）〽せかいじゅうのこどもたちが
いちどにわらったら
そらもわらうだろう　ラララ
うみもわらうだろう
せかいじゅうのこどもたちが
いちどにないたら
そらもなくだろう　ラララ
うみもなくだろう

歌いながら、奈緒美はがれきの中から、お地蔵さんの頭を見つけ、拾い上げる。

奈緒美　えっ？　そう。お地蔵《じぞう》さん。頭だけだね。体はどこかに流されたんだ。可哀相だから、ここに置いてあげようか。

奈緒美、歌を歌いながら、頭をちょっとした台のようなものの上に置く。

奈緒美　（歌う）〽ひろげよう　ぼくらのゆめをとどけよう　ぼくらのこえを

台の上の小さながれきを整理し、手を合わせる奈緒美。
と、声がどこからともなく聞こえる。

トコフ（声）　（ヤケ気味に）ねえ、それ本気？

奈緒美　？

トコフ（声）　そんでいきなり、放り投げるんでしょう。人間て、そういうことするよね。

奈緒美　（歌をやめて）……誰？　……拓也、聞こえた？

トコフ（声）　え!?　私の声が聞こえるの!?

奈緒美　誰!?

トコフ（声）　聞こえるんだ！　やっとみつけた！　やっと見つけました！

奈緒美　どこにいるの!?

トコフ（声）　ほら、ここ！　あなたたちの言葉だと、

突然、台の上に置いた地蔵の目と口がはっきりと開く。

トコフ　地蔵？

奈緒美、地蔵の頭を見つめる。

奈緒美　まさか……
トコフ　そうそう。私、地蔵の頭。
奈緒美　私……

トコフ　ううん。おかしくなってないから。あなたは正常。驚かないでねって、もう驚いてるか。
奈緒美　あなた誰⁉
トコフ　だから、地蔵の頭。
奈緒美　地蔵の頭……
トコフ　は、世を忍《しの》ぶ借りの姿なんだけどね、とにかく、今は地蔵の頭。ねえ、お願いがあります。
奈緒美　……なんですか？
トコフ　キフシャム国を助けて下さい。
奈緒美　何？
トコフ　キフシャム国。美しい自然と動物達が微笑む、精霊《せいれい》と魂《たましい》の国です。
奈緒美　精霊と魂？
トコフ　そう。精霊と魂の国、キフシャム国を助けて下さい。
奈緒美　だれが？
トコフ　あなたが。
奈緒美　どうして？
トコフ　あなたが選ばれた人だからです。私の声が聞けるということは、あなたは選ばれたのです。
奈緒美　どうして？
トコフ　私にも分かりません。とにかく、キフシャム国を助けて下さい。
奈緒美　どうやって？
トコフ　私と一緒に来て下さい。
奈緒美　どこに？

トコフ　キフシャム国にです！　そんなの、話の流れで分かるでしょう！
奈緒美　そもそも、全体の話が分からない。
トコフ　簡単ですよ。シンプル！　いいですか、キフシャム国はあなたを必要としている。だから、私と一緒にキフシャム国に来る。以上！　ね、ものすごく簡単でしょう。分かりやすいでしょう！
奈緒美　地蔵の頭と一緒にキフシャム国？　……（さっと）拓也、行こうか。ママ、お昼から夢みてるみたい。起きてるのに夢見てるって変だよね。

奈緒美、去ろうとする。

トコフ　夢じゃない！　つねってみて！　夢じゃないから。
奈緒美　（思わず立ち止まり）夢じゃない？
トコフ　絶対に夢じゃない！　つねったら分かるから。
奈緒美　……。

奈緒美、トコフの頭を叩く。

トコフ　……叩いてどうするんですか？　つねるんです。

奈緒美、トコフの頬をつねろうとする。

トコフ　違う！　自分の！

奈緒美、おそるおそる、自分の頬をつねる。

奈緒美　……痛い。
トコフ　ね！　夢じゃないんです！　これは現実なんです！
奈緒美　信じられない。
トコフ　信じられないことが起こるのが人生なんです。あなたの人生は信じられることしか起きてないですか？
奈緒美　……拓也、ママ、訳が分からなくなったから、お家《うち》に帰ろう。（歌う）〽せかいじゅうのこどもたちが〜

奈緒美、去りかける。

トコフ　お願いです！　キフシャム国に来て下さい。
奈緒美　行けるわけないでしょう。
トコフ　どうして!?
奈緒美　どうしてって、常識で考えてそうでしょう。知らない人と一緒に旅行に行くなんて、おかしいでしょう。
トコフ　トコフと言います。キフシャム国の王室専属第一執事です。ほら、もう知らない仲じゃない。

奈緒美　でも、怪《あや》しい人とは一緒にいけません。
トコフ　どこが怪しいんですか！
奈緒美　怪しさしかないでしょう！
トコフ　お願いです！　キフシャム国はあなたを必要としているんです。
奈緒美　ごめんなさい。

奈緒美、去ろうとする。

トコフ　待って！　分かった！　じゃあ、せめて私の体、探して下さい。
奈緒美　体？
トコフ　そこら辺に転がってるはずです。
奈緒美　津波で流されたんでしょう。近くにはないわよ。
トコフ　津波じゃないですよ。人間にやられたんです。この頭だけ外して、「砲丸投げー！」って言って放り投げたんです。体はどこかそこら辺にあるはずです。探して下さい。お願いします！
奈緒美　本当？
トコフ　嘘なんか言いませんよ。ものすごく楽しそうに「砲丸投げー！」って。お願いします。
奈緒美　ここら辺にあるの？

奈緒美、周りを見始める。

トコフ　ありがとうございます！　しかし、地蔵ってのは、人間の信仰の対象なんでしょう？　なのに、遊びで投げるんですから、もう、人間って種族は終わってますね。誰も私の声が聞こえないし。いえ、あなたは違いますよ。でもまさかこんな誰もいない所で出会えるなんて。私も最初はね、街のほうに行ったんですよ。でも、誰も私の声、聞きやしない。四十日四十夜、叫び続けですよ。すっかり声が嗄《か》れて、なんとなく、ふらふら〜ってこんな所まで来てみたんです。そしたら、いきなり、「おっ、地蔵だ。砲丸投げー！」ですよ。これが「文字を持つケダモノ」かー！　って思いましたよ。あいつら、あの家からは何取ってきただの、この家は金持ちだの言ってましたよ。夜、誰もいない家に入って盗んでたんですね。

奈緒美、話を無視して、がれきを探す。
そして、半分の胴体を見つけて、

奈緒美　ねえ、これかな？
トコフ　ありましたか⁉
奈緒美　でも、半分に割れてるよ。
トコフ　割れてる⁉　嘘でしょう！　割れてるって、どういうことです！
奈緒美　ほら。

奈緒美、さらに半分の胴体を見つけて、トコフに示す。
トコフ、顔を歪めて、なんとか奈緒美の示す方向を見ようとするが……

トコフ　すみません。私、頭だけなんで、動けないんです。私の視界に入る範囲に持ってきてくれませんか？
奈緒美　いちいちめんどくさいわね。
トコフ　すみません。
奈緒美　（持ち上げて）ふんっ！

奈緒美、地蔵の胴体を両手で抱えて、トコフが見える所まで持って来る。

奈緒美　これじゃない？
トコフ　本当だ！　私の体、半分に割れてる！　あー！　落書きまでしてる！　あいつらだ！　なんて奴らだ!!
奈緒美　どうするの？
トコフ　どうって、どうしようもないじゃないですか!?　だから、人間の世界になんて来たくなかったんだ！　ここは野蛮だ！　野蛮の国だ！
奈緒美　……ねえ、どうしても、体が欲しいんなら、他のじゃだめ？
トコフ　他の？

奈緒美、がれきから汚れたペンギンのぬいぐるみを取り出し、

奈緒美　この胴体、つける？
トコフ　……あなた、私をバカにしてるでしょう？
奈緒美　そんなことないよ。

奈緒美、ペンギンのぬいぐるみの頭をぎゅっと押しつぶし、トコフの顔の下に当ててみる。

奈緒美　似合うと思うんだけどなあ。
トコフ　絶対にバカにしてる。
奈緒美　ダメ？　じゃあ、

奈緒美、他の人形を探そうとする。アニメのフィギュアで合うものが落ちているような気がして、

トコフ　もういいです！　中途半端な同情はまっぴらだ！
奈緒美　……そう。じゃあね。

奈緒美、去ろうとする。

トコフ　あ、いえ！　嘘です！　ありがとうございます！　その優しさが嬉しいです。さあ、優しい言葉と共にキフシャム国に行きましょう！　キフシャムの民はあなたの到着を今か今かと待ってるんです！
奈緒美　私は行けないって。

トコフ　どうして？
奈緒美　だって、パスポートもないし、なんの準備もしてないし、
トコフ　そんなのいいんです！　いつ、旅に出るんですか？　今でしょ！
奈緒美　とにかく、私は家を離れるわけにはいかないんです。
トコフ　大丈夫です。キフシャム国と人間国は違う時間が流れています。この世界を留守にするのはほんのわずかの時間です。
奈緒美　わずか？
トコフ　まばたきするぐらいの時間です。
奈緒美　でも、行けません。
トコフ　お願いします！
奈緒美　失礼します。

奈緒美、今度こそ去りかける。

トコフ　私はずっとあなたを探していたんです！　ずっとずっと、あなたを探していたんです！

奈緒美、急に手を引かれて立ち止まる。

奈緒美　……え？　拓也、本気？　……ダメよ。帰りましょう。……拓也、どうして？
トコフ　？

奈緒美　面白くなんかないよ。拓也、どうしたの⁉　何、言ってるの⁉　待って！　拓也！

見えない拓也、トコフの前まで走って戻る。
奈緒美、慌てて追いかける。

トコフ　えっ？
奈緒美　分かった！　分かったわよ！
トコフ　あの……
奈緒美　拓也が行きたいと言ってます。
トコフ　拓也？
奈緒美　息子の拓也です。拓也、ご挨拶《あいさつ》は？　……はい。よくできました。
トコフ　……あの、私をからかってます？
奈緒美　何がです？
トコフ　何がって……
奈緒美　拓也、どうしても行きたいの？　……そう。トコフさんとおっしゃいました？　本当にまばたきする時間なんですね。
トコフ　えっ……ええ。
奈緒美　分かりました。行きましょう。
トコフ　ありがとうございます！　……キフシャム国への道、開け！　アブダデロゲンペロ、ゴンザクリンウシテケプー！

と、がれきの中にあった洗濯機の洗濯槽がまぶしく光り始める。

奈緒美 えっ!? なに?

トコフ キフシャム国の王家に代々秘伝《ひでん》として受け継がれた旅する魔法です。人間国とキフシャム国をつなぐ、一番近い入り口を教えてくれるのです。

奈緒美 まさか、あそこから行くの?

トコフ そうです!

奈緒美 だって、あれ、洗濯機よ!

トコフ まず、その中に私の体を入れて下さい。キフシャム国に持って帰らないといけませんから。さあ、急いで!

奈緒美、慌てて、割れた地蔵を抱えて、洗濯機の洗濯槽に入れようとする。

奈緒美 ねえ、キフシャム国ってどこにあるの? 本当にここが入り口なの?

トコフ すぐに分かりますよ。（奈緒美が体を入れ終わると）じゃあ、私を持って、その中へ! さあ、急いで、急いで!

奈緒美 拓也、本当に行きたいのね? ……分かった。

奈緒美、トコフに近づき、

奈緒美　行くのね。
トコフ　行きましょう！
奈緒美　分かったわ。

奈緒美、トコフの頭を持ち、洗濯機の中に入れる。そして、拓也に手を伸ばす。

奈緒美　さあ、拓也！

奈緒美、見えない拓也を洗濯機の中に入れる。

トコフ（声）　さあ、キフシャム国へ！

奈緒美、洗濯機の中に入っていく。

トコフ（声）　おいでませ、キフシャム！

奈緒美、光が溢れる洗濯槽の中へ消えていく。
暗転。

タイトル『キフシャム国の冒険』

第三章

暗転の中、ミスタン第二執事とカシハブ博士の声が飛ぶ。


ミスタン（声）　タチアカ様！　失礼ですぞ！

カシハブ（声）　タチアカ様！　落ち着き下さい！


明かりがつくと、そこは、キフシャム国の城内。

タチアカ王が従者を二人連れて登場。

タチアカは、沼やその周りに繁るツタやシダをイメージした服に鎧《よろい》、それにマント。腰には剣。

従者1・2も同じようなイメージ。

彼らを追って、ミスタンとカシハブ。ミスタンは狐《きつね》をイメージした執事の格好。カシハブ博士は、キノコをイメージした学者の格好。

ミスタン　お待ち下さい！
カシハブ　失礼ですぞ！

ミスタン・カシハブ　タチアカ様！

タチアカ　どうして落ち着ける⁉　三週間だぞ！　三週間、私は毎日、イリマ王子に会見を求める手紙を送り続けた。この三日は、毎日、こうして城まで足を運び直談《じかだん》を請《こ》うた。いかにキフシャム国の王子とはいえ、四日目の今日も無視するとは、このタチアカを愚弄《ぐろう》するにもほどがある！

ミスタン　タチアカ様。王子は無視しているのではありません。政《まつりごと》に忙しく、お会いする時間がないのでございます。

カシハブ　そうです！　キフシャム国の王に相応《ふさわ》しい知識と経験を積むために王子は毎日、励《はげ》んでおられるのです！

タチアカ　愚か者！　この瞬間にも、テプガンズ国の闇がキフシャムに広がっているのだぞ。今、何をするべきか、お前達には分からないのか⁉

ミスタン　ですから、テプガンズ国の闇と戦うために、

カシハブ　王子は王としての正しい知識と戦略を身につけようとして、

タチアカ　城の中に引きこもる者に、国を率《ひき》いる資格などない！　今、真にキフシャムを愛する者は、テプガンズ国の闇《やみ》と戦うために立ち上がるのだ！

ミスタン　タチアカ様、

カシハブ　お言葉にお気をつけ下さい！

タチアカ　闇に怯《おび》える卑怯者《ひきょうもの》にはこの国の頂点に立つ資格などない！

と、声がする。

イリマ　誰が卑怯者ですか？

イリマ王子、登場。タチアカ王をにらみつける。

メタセコイアの若木をイメージした鮮やかな緑の服。腰には剣。

タチアカ　これはこれは、イリマ王子。闇に怯えて、部屋から一歩も出られないのかと思っていましたよ。

イリマ　王家の正統を継ぐものとして、王家の務めを果たしていたのです。政《まつりごと》と祈りに忙しく、お会いする時間を取れませんでした。

タチアカ　祈り？

イリマ　トコフの無事と成功です。

タチアカ　ムダな祈りです。

イリマ　ムダ？

カシハブ　タチアカ様。

タチアカ　トコフが旅立ってはや１００日を越えました。トコフはもう戻ってこないと思ったほうが賢明。一刻の猶予《ゆうよ》もなく、兵を率いてテプガンズ国の闇に攻め入るべきです。

イリマ　テプガンズ国に勝つ方法も、闇の正体も分かっていないのです。何の保証もない無謀な戦いに、大切な臣下を導くわけにはいきません。

ミスタン　そうです！　目に見えない敵と、どう戦うのですか？

カシハブ　闇に攻め込むなど愚か過ぎます！

タチアカ　なるほど。臆病者《おくびょうもの》の臣下《しんか》に守られて、王子は引きこもっておられたのか。
ミスタン　タチアカ様！
カシハブ　言葉が過ぎますぞ！
タチアカ　もはや一刻の猶予もないのだ！　すでに、キフシャム国の未来を憂《うれ》う、心ある武士《もののふ》は、私と共にテプガンズ国の闇に打ってでる覚悟ができている。国を愛する兵士達の前で私は今から演説を始める。王子には戦う気持ちがないと。真の愛国者は誰かと。
カシハブ　おやめ下さい。そんなことをしたら、この国は大混乱になります。
タチアカ　何もしなければ、大混乱になるのだ。腰抜けの王子に代わって、私が軍隊の指揮を取る。
ミスタン・カシハブ　タチアカ様！

タチアカ、城の奥へ進もうとする。
イリマ王子、その前に立ちはだかる。

イリマ　軍隊の指揮権は私にあります。あなたではありません。
タチアカ　たった今から、私が指揮する。兵士達も、私の言葉を聞けば、納得するだろう。

タチアカ、剣に手をかけたまま、進もうとする。
王子も、剣の柄《つか》に手をかける。

イリマ　あなたはこの国を破滅に導こうとしている。

タチアカ　私はこの国の未来のために、戦うのだ。さあ、道をあけなさい！
イリマ　タチアカ王、帰りなさい！

視線の火花を飛ばしあうイリマとタチアカ。
激しいビートの音楽が始まる。
戦いを暗示させるダンス。
タチアカとイリマ。そして、ミスタンとカシハブが間に入り、従者二人も参加する。
ひとしきり踊った後、いよいよ剣が抜かれる直前、家来が駆け込んでくる。

家来　トコフ様がお帰りです！
イリマ　トコフが⁉
ミスタン　トコフ様が⁉
カシハブ　戻られたか！

トコフが入ってくる。
トコフは、石の体を応急修理した地蔵の姿だ。地蔵の体には、もちろん、落書きがある。

トコフ　イリマ王子、遅くなりました！
イリマ　トコフ、無事だったか。
トコフ　はい。

ミスタン　トコフ様、その格好は？
トコフ　おお。急ぐあまり、元の姿に戻ることも忘れておりました。えいっ。

ぶわっと中途半端に小さな白い煙。
トコフは、丸見えのまま、地蔵のボディーを脱ぐ。その下から、狸《たぬき》をイメージした服が現われる。
ただし、顔の色は地蔵のまま。

トコフ　トコフ、戻りました。
イリマ　顔が戻ってないぞ。
トコフ　おおっ。野蛮の国に長くいたので、魔法の力が落ちたようです。のちほど、『ふくだけコットン』で落とします。それより王子、ついに「文字を持つケダモノ」を連れて帰りました。奈緒美さん、どうぞ！

奈緒美、家来に導かれて登場。拓也の手を引いている格好。
全員、どよめく。

イリマ　あなたですか！　ようこそ、キフシャム国へ！
奈緒美　あ、ども。
トコフ　キフシャム国の王子に対してその返事はないでしょう。
奈緒美　王子……（拓也に）やっぱり、これは夢だね。
イリマ　夢？

トコフ　失礼。

トコフ、奈緒美のおでこをいきなりパチンと叩く。

奈緒美　痛い！　なにするのよ！
トコフ　だから、夢ではないと言ったでしょう。
奈緒美　えっ、じゃあ、ドッキリ？　それとも、なにかのショウ？　……拓也、戦隊モノの人達かなあ？　どっちが悪者だと思う？（タチアカを指さして）こっち？　そう。分かりやすいねー。
カシハブ　気が触れておるのか？
トコフ　少し事情があるようで。タチアカ様はどうしてここに？　雰囲気が変ですが、なにかあったのですか？
タチアカ　……。

タチアカ、従者に、「下がっていろ」と目で合図。
従者1・2、去る。

イリマ　何でもないのだ。キフシャム国の王子、イリマと言います。私達の願いを聞き届けて下さって心より感謝します。
奈緒美　願い？　すみません。事情がよく分かってないんですけど。
イリマ　トコフ。説明はまだですか？

トコフ　はい。野蛮の国の白い箱に入ったら、いきなりお城の女中部屋の衣装ダンスから飛び出て、ここに一直線ですから。説明する時間がなくて。
イリマ　私と共に冥界《めいかい》へ、死んだものの国へ、旅に出ていただきたいのです。
奈緒美　え⁉　どういうこと？　私、死ぬの？
イリマ　いいえ、もちろん、生きたまま死者《ししゃ》の国に入るのです。
奈緒美　そんなことができるの？
トコフ　奈緒美さん、タメ口はだめ。王子なんですから。
奈緒美　だって、私、王子なんて人に会うの、初めてなんだもん。っていうか、人なの？　人間なの？
カシハブ　キフシャム国には人間はいません。遥《はる》か大昔、文字を持つケダモノである人間は滅び、自然と動物、精霊と魂の国になったのです。
奈緒美　どうして？
カシハブ　それはまた機会があれば。王子は人間国でいうメタセコイア、曙杉《あけぼのすぎ》という神聖な木の精霊です。
トコフ　ちなみに、私は百年生きた狸の魂、カッコ独身、絶賛花嫁募集中カッコトジ、です。第二執事のミスタンは狐の魂。カシハブ博士はキノコの精霊です。
奈緒美　（タチアカを見て）この悪者は？
タチアカ　悪者ではない！　私は沼の王だ。
奈緒美　沼⁉　沼に王様がいるの？
タチアカ　山にも木にも沼にも精霊はいる。そんなことも知らないのか？
奈緒美　なに、その上目線《うえめせん》。感じ悪い。拓也、帰ろうか。

イリマ　いえ、どうか、死者の国へ私達を導いて下さい。あなただけが、冥界の扉を開けることができるのです。

奈緒美　どうして？

カシハブ　人間の国では精霊や魂が死者の国の扉を開けるのでしょう。精霊や魂の国であるキフシャムでは、人間が扉を開けることができるのです。

奈緒美　死者の国に行って何するの？

イリマ　亡《な》き王に会うのです。

奈緒美　亡き王？

トコフ　イリマ王子の父親です。

奈緒美　死んだ父親に会いにいくの⁉

イリマ　この国は今、暗黒の闇が広がっています。それは、隣のテプガンズ国の呪いなのです。王だけが、その呪いを解く呪文を知っているのです。残念ながら、王は、その呪文を私に教える前に急に亡くなりました。

トコフ　四カ月ほど前。突然のことでした。

イリマ　私は冥界に行き、王に会い、呪いを解く呪文を手に入れなければならないのです。そうしなければ、キフシャム国は滅びます。どうか、私達を死者の国に導いて下さい。

奈緒美　まだ旅をするの？　（トコフに）ちょっと話が違わない？　この国に来ればよかったんじゃないの？

トコフ　ここまで来たんですから、ついで、ですよ。ほら、人間が、トイレに大きい方をしに入って、ついでにおしっこもするようなもんです。

奈緒美　その例えは全然分からない。死んだものの国なんて、私、絶対行きたくないわ。
イリマ　お願いします！　一緒に旅立って下さい。
奈緒美　(拓也に) えっ？　何？　早く帰ろうって？　拓也が来たいって言うから来たんじゃないの。そう。分かった。トコフさん、帰ります。
トコフ　奈緒美さん！

奈緒美、帰ろうとする。

タチアカ　これだから、野蛮の国のケダモノはダメなんだ。人間なんかに頼ろうとしたのが失敗なんだよ。
奈緒美　(立ち止まり) ちょっと、沼系の人、失礼じゃない？
タチアカ　沼系じゃない！　沼の王、タチアカだ。(イリマに) 愚かな作戦は終りだな。今から、兵士達に演説を始める。

タチアカ、再び、城の奥に進もうとする。
イリマ、立ちふさがる。

イリマ　そんなことは許しません！
タチアカ　キフシャム国を救うためだ。

タチアカ、ゆっくりと剣を抜く。

カシハブ　タチアカ様！

ミスタン　王子に向かって、なんということを！

イリマもゆっくりと剣を抜く。

イリマ　演説は許しません。

剣を構えて、睨《にら》み合う。

下がっていたタチアカの従者1・2も剣を抜いて登場。

家来も剣を抜いて登場。

ミスタン、カシハブ、護身用の剣を抜く。

トコフ　どうしたんですか⁉　どうしてこんなことに⁉

タチアカ　道を開けろ！

イリマ　帰りなさい！

タチアカ、剣をイリマに打ち下ろす。その剣の強さに一瞬、ひるむ、イリマ。

従者達も切りかかる。

タチアカ、奥に進もうとする。
イリマ、タチアカに剣を振り下ろす。タチアカ、その剣を払う。
その瞬間、全員の動き、スローモーションとなる。
怯えた表情で戦いを見つめる奈緒美、拓也をかばう。
スローモーションの戦いでは、イリマはあきらかに不利。タチアカに翻弄《ほんろう》され、実力と気力の違いが際立つ。
明かりは戦いを見つめる奈緒美に集中する。
奈緒美、戦いの中、逃げ、混乱し、怯え、突然、叫ぶ。

奈緒美　もうやめてよ！

耳慣れない人間の絶叫を聞いて、イリマやタチアカ達の動きが一瞬止まる。

奈緒美　拓也が怖いって泣いてるじゃないの！　分かったわよ！　死者の国に行けばいいんでしょう！　行くわよ！

トコフ　本当ですか！

奈緒美　行けばいいんでしょう！　人間はね、やる時はやるのよ！　ちゃんと行くわよ！

イリマ　ありがとうございます！

奈緒美　（拓也に）大丈夫。もう怖くないのよ。泣かないの。ほら、みんな、もうケンカをやめたでしょう。仲直り、仲直り。

奈緒美、拓也を必死になぐさめる。
あっけに取られてその姿を見る全員。剣をしまう。
ミスタン、トコフに近寄り、

ミスタン トコフ様。あれは、子供に話しかけているのですか？
トコフ そうだ。彼女の子供だ。
ミスタン けれど、視線の先に子供の魂は見えません。まさか、トコフ様には？
トコフ いや。私にも見えぬ。
ミスタン それでは、あの人間は何に話しかけているのですか？
トコフ （私も分からないという顔）
奈緒美 よーし、涙は引っ込んだ。いい子、いい子。（周りに）さあ、私はどうすればいいの？

家来と従者は去る。

カシハブ 死者の国は悪いだけの場所ではありませんよ。死んだ人で、どうしても会いたい人はいませんか？
奈緒美 どういう意味？
カシハブ キフシャム国の冥界と人間国の冥界は奥底でつながっているという言い伝えがあります。
イリマ 博士、本当ですか？
カシハブ 人間国だけではなく、さまざまな世界の冥界は深い所で通じ合い、生まれ変わる時には、違う世界に旅立つと言われています。

トコフ　なるほど。

カシハブ　冥界では、強く念じれば、会いたい人に会えるそうです。人間国の冥界とつながっているのなら、死んだ人間と会えるはずです。

トコフ　誰か会いたい人間はいますか？　それとも、死んだ人間に会うのは、気乗りしませんか？

奈緒美　さあ、どうですかね……。

イリマ　とにかく出発の準備です！

ミスタン　はい！

タチアカ　待て。私が行こう。

全員　!?

タチアカ　イリマ王子は実戦の経験もないし、なにより若すぎる。冥界への旅をやり遂げられるとは到底思えない。

イリマ　これは王子としての私の仕事です。

タチアカ　お前達、今思っていることを正直に言ったらどうだ。こんな重大な仕事を、若い王子に任すのは不安だと。

イリマ　タチアカ王、言葉に気をつけなさい！

タチアカ　私は、真実を語っているだけだ。冥界の旅をやり遂げられるのは、私しかいない。そう思うだろう、トコフ。

トコフ　えっ……それは、

奈緒美　えー、私、嫌よ。

タチアカ　えっ？
奈緒美　私、沼系と旅行するなんて嫌よ。私に選ぶ権利、あるんでしょう。王子、一緒に行きましょう。
イリマ　奈緒美さん。
奈緒美　死んだお父さんに会いたいんでしょう。
イリマ　ええ。ありがとうございます！
タチアカ　人間、冷静になれ！　冥界の旅は、困難に満ち満ちた旅だぞ！　こんな頼りない王子でいいのか？
奈緒美　拓也はどっちの人と旅行に行きたい？　えー、やっぱり、王子？　沼怪人じゃないのね。うん、ママと一緒！
タチアカ　人間は野蛮な上にバカなのか！
奈緒美　あたし、ムダに声がでかい悪役って好きじゃないの。
タチアカ　（思わず大声で）だから悪役じゃない！　タチアカ王だ！
カシハブ　決まりですな。さっそく、出発の準備を。騎兵隊の優秀な兵士を１００名ほど護衛に選びましょう。
ミスタン　分かりました！

ミスタン、去る。

タチアカ　一週間だ。
イリマ・トコフ・カシハブ　えっ？

タチアカ　一週間たっても、呪いを解く呪文を持って帰らなければ、私は兵を率いて、テプガンズ国の闇に乗り込む。いいな。

タチアカ、去る。

カシハブ　さ、王子も旅立ちの準備を。
イリマ　ああ。一時間以内に出発するぞ。

イリマ、カシハブ、去る。
残される、トコフと奈緒美。

奈緒美　なに、あの沼系の悪役？　なんで、あんなに偉そうなの？
トコフ　タチアカ様も、王位継承者の一人なのです。
奈緒美　王位継承者？
トコフ　ハシモリ王がお亡くなりになって、王子が王位を継《つ》ぐ予定です。けれど、タチアカ様は、御側室《ごそくしつ》の子供なのです。
奈緒美　御側室？
トコフ　父親は同じハシモリ王ですが、母親は沼の精霊、つまりイリマ王子とは異母兄弟《いぼきょうだい》なのです。
奈緒美　沼系の方《ほう》がお兄さんなの？
トコフ　ええ。でも、イリマ王子はマノイ女王の子供ですから、弟ですが正当な後継者です。

奈緒美　どこの世界にも複雑な家庭事情があるのね。
トコフ　王子が王に相応しくないとキフシャムの民が思えば、タチアカ様が王になる可能性もあります。
奈緒美　なるほど。王子ってそんなに頼りないの？
トコフ　さあ、どうでしょう。
奈緒美　沼系の方がどう見ても強そうだもんね。
トコフ　ありがとうございます。
奈緒美　えっ？
トコフ　冥界に旅立つ決心をして下さって。
奈緒美　ま、ここまできたらね、勢いよ。大丈夫だって、拓也。大勢の人が守ってくれるんだから。
　そうですよね。
トコフ　はい。私の輝くキンタマにかけて、選りすぐりの兵士を護衛に選びます。
奈緒美　そんなものにかけるのはやめて下さい。
トコフ　タヌキにとって、キンタマは命です。準備が出来次第、城を出て、西の果て、冥界の入り口
　と呼ばれる洞窟に向かいます。
奈緒美　洞窟……。
トコフ　さあ、冥界へ。死んだものの国へ急ぎましょう！

トコフ、奈緒美、去る。
暗転。
兵士達の声が飛ぶ。

兵士１（声）　出発の準備を急げー！
兵士２（声）　食料は揃えたかー！
兵士３（声）　出発だー！　急げー！

タチアカが光の中に現われる。
全身を隠すフードをかぶっている従者１に話しかける。

タチアカ　いいか。西の果て、冥界の洞窟に王子達が向かう。共に冥界を旅する護衛の兵士が１００人ほどいる。我々と悟られずに、王子とトコフ、人間を残して、兵士を全員殺せ。
従者１　！
タチアカ　王に相応しい者は、誰の助けも借りず、冥界を旅する宿命にある。もし、旅に挫《くじ》けるなら、キフシャムの王の資格はないのだ。さあ、行け。
従者１　はっ。

従者1、去る。
タチアカはニヤリとする。ふと、淋しさがこぼれる
暗転。

第四章

暗闇に魂のような光が無数に漂う。
彷徨《さまよ》う光は、ゆっくりと舞台の奥に向かって移動している。

イリマ（声）　こっちです！　早く！

左手に松明《たいまつ》を掲げ、右手に剣を持ったイリマが飛び込んでくる。
続いて、奈緒美。奈緒美は、拓也を抱えているように見える。
炎に照らされる二人の顔。

イリマ　奈緒美さん、大丈夫ですか！
奈緒美　なんなんです⁉　どういうことですか⁉
イリマ　私達を冥界に行かせたくない奴らがいるんです。
奈緒美　行かせたくない……
イリマ　くそう！

奈緒美　拓也、大丈夫よ。もう大丈夫だから。
イリマ　トコフ！　トコフ！

大きなリュックを背負ったトコフ、同じく、松明と剣を持って走り込んでくる。

トコフ　王子！　無事でしたか⁉
イリマ　お前こそ無事だったか！
トコフ　冥界に行く前にやられたりするもんですか！
イリマ　護衛の兵士達は？
トコフ　残念ながら全滅です。
奈緒美　そんな⁉
トコフ　王子、どうしますか？　一度、城に戻りますか？
奈緒美　そのほうがいいんじゃないですか？　私達だけじゃあ、無理でしょう。
トコフ　そうしますか。
イリマ　いや、時間がないんです。カシハブ博士の言葉を忘れたんですか。

別空間にカシハブが登場。

カシハブ　王子、お急ぎ下さい。テプガンズ国の闇はもちろんですが、ハシモリ王が「忘れ川」の水を飲んだらすべてが手遅れになります

イリマ　「忘れ川」？

カシハブ　冥界の奥深くに流れていると言われる川です。その川の水を飲めば、全てを忘れると言われています。生まれ代わりを求めるものは、「忘れ川」の水を飲み、全てを忘れて、違う世界に旅立つのです。もし、ハシモリ王が「忘れ川」の水をもう飲んでいたらテンテンテン、回想終わり。

カシハブ、明かりを消す合図。
カシハブに当たっていた光、消える。

イリマ　急ぎましょう。私達には時間がないんです。

奈緒美　でも……。

イリマ、トコフ、洞窟の奥に進もうとする。
その瞬間、グランドゲートキーパー（大門番）の声が響く（以下、ＧＧＫと表記）。
その声は、地の底から響いて来るような重みと怖さを感じる。

ＧＧＫ（声）　誰だ！　死んだものの国の掟《おきて》を破ろうとするのは⁉

驚き、身構える三人。
イリマ、声の主の場所を探りながら、

イリマ　私は、キフシャム国の王子イリマです。どうか冥界の扉を開けて下さい！
GGK（声）　戻れ！　死んだものの国に、生きているものが入ることは許されない！
イリマ　死者の国の扉を開けていただく鍵として、人間と共にここに来ました。
GGK（声）　なに⁉︎
イリマ　ですから、どうか、冥界の扉を開けて下さい。お願いします！
トコフ　お願いします！

GGK、登場。
全身が漆黒《しっこく》の鎧に覆われている。
顔も戦闘的な兜《かぶと》に包まれている。手には長い槍《やり》。
その姿は、近未来的でもあり、同時に中世的な匂いもある。
声は依然として地の底から聞こえてくるように響く。

GGK　人間だと？
トコフ　この人です。私が野蛮の国に行って頼みました。
GGK　（奈緒美を見て）ほお。本当に人間の匂《にお》いがする。永遠の昔以来だ。もう少しで人間の匂いを忘れるところだった。（奈緒美に）人間よ。お前はなぜ死者の国に入りたいのだ？　なぜ、冥界の掟《おきて》を破る？
イリマ　私の父に会うためです。亡き父、ハシモリ王だけが、キフシャム国を暗闇から救う呪文を知っているのです。
GGK　そのために、生きてるものの掟に背《そむ》いて、死者の国に入るのか？

イリマ　そうです。

ＧＧＫ　それでは、お前達の中で一番大切な者の一番大切なものを置いていけ。

三人　えっ？

ＧＧＫ　それが、死者の国の扉を通るための条件だ。

イリマ　一番大切な者の一番大切なもの……。

トコフ　なんですか、その条件！　そんな話、聞いたことないですよ！

ＧＧＫ　冥界の扉まで生きた者が来るのが永遠の昔以来なのだ。知るわけがなかろう。

トコフ　とか言ってるあなたは誰なんですか？

ＧＧＫ　グランドゲートキーパー。死者の国に入る扉を治める者だ。

イリマ　グランドゲートキーパー。

奈緒美　（拓也に）ううん、拓也、ゴールキーパーじゃなくて、ゲートキーパー。（安心させようとして）

保育園の前にいる、守衛さんみたいなものね。

ＧＧＫ　人間、お前は私にケンカを売っているのか？

奈緒美　どうして？

ＧＧＫ　……さあ、この中で一番大切な者の一番大切なものを置いていけ。

三人　……。

トコフ　王子、なんです？　王子の一番大切なものはなんですか？

イリマ　私の一番大切なもの……（腰の剣を抜いて）王家の印《しるし》、代々伝わる、この剣を置いていこう。

トコフ　でも王子、それを置いていったら、これから先、どんな危険が、

イリマ　ここを通るためだ。さあ、キフシャム国の王家の剣を受け取って下さい。

GGK　違う。
イリマ　えっ？
GGK　それは違う。一番大切な者の一番大切なものではない。
イリマ　……純金と七色石の入った革袋を、（と、ポケットから取り出そうとする）
GGK　違う。
トコフ　ええ!?　これでもないの!?
イリマ　私の一番大切なもの……。それは、トコフ、お前だ。幼い時より、ずっと私を助けてくれているお前が一番、大切なものだ。
トコフ　（感動して）王子。こんなこんがらがった状況で、そんな感動的なことを言われたら、私、涙、ダダ漏れしますよ。狸は涙もろいんですからね。
イリマ　（GGKに）私の一番大切なトコフを置いていく。
トコフ　（恍惚《こうこつ》として）ああっ。
GGK　違う。
イリマ・トコフ　えっ？
GGK　違う。死者の国では嘘は通じない。
イリマ　はい、嘘です。
トコフ　嘘なんですか!?
GGK　一番大切な者の一番大切なものを置いていけ。
トコフ　王子、正直に言って下さい。一番、大切なものはなんなんですか？
イリマ　……。

奈緒美　それは、やっぱり、王子の地位じゃないんですか？
トコフ　なんて残酷な！　えっ、ということは、この旅が成功しても、王子はもう王子ではなくなるということですか！　悲劇！　なんという悲劇！
イリマ　……キフシャム国の王子の地位を置いていこう。
ＧＧＫ　違う。
トコフ　違う⁉　王子の地位が違う？　じゃあ、なんなの⁉　（ハッと）えっ、まさか……。
奈緒美　なんなの？
トコフ　もっと具体的に、キフシャム国の王になる権利……じゃないですか。
イリマ　それは……。
トコフ　どうしますか、王子。そこまでいきますか？　いけますか？　どうしますか？
イリマ　……キフシャム国の王になる権利を置いていこう。
トコフ　すごい！　よく言った！
ＧＧＫ　違う。
トコフ・イリマ・奈緒美　えー⁉
トコフ　これ以上、大切なものはないだろう！　この野郎、タイムキーパーかなんか知らないけど、
ＧＧＫ　ゲートキーパー。タイムキーパーじゃないから。……一番大切な者の一番大切なものを置いていかなければ、この扉を通すわけにはいかない。
トコフ　だから、ゲートボールはさ、もったいぶらないで（はっきり言って）、
ＧＧＫ　（トコフに槍を突きつけて）ゲートキーパー。ゲートボールってボケ、自分でも無理ありすぎだと思うだろ？

トコフ　何が欲しいの？　はっきり言って。
イリマ　……亡き父親との思い出を置いていこう。
トコフ　王子、ガチ過ぎます！
GGK　違う。
トコフ・イリマ　えー!?
奈緒美　大切じゃないの？
イリマ　……置いていったものはどうなります？
GGK　お前達が戻ってくるまで、ここで私が預かる。死者の国から戻ってこれたら、返す。
イリマ　本当ですか？　本当に返してくれますか？
GGK　死者の国は、お前達が嘘をつかない限り、絶対に嘘を言わない。ただし、冥界への旅は不可能に近い。無事に戻ってこれると思わないほうがいい。
イリマ　それでは……

イリマ、胸に下げていたペンダントを取り出す。カメオのようなものが付いている。

イリマ　これは亡き母の形見のペンダントです。一緒に、亡き母との思い出を置いていきます。
トコフ・奈緒美　えっ。
イリマ　私が六歳の時に亡くなった母との思い出をすべてここに置いていきます。
奈緒美　！
トコフ　王子、それは本当に大切なものだと思います。いいんですか？　置いていっていいんですか？

イリマ　きっと戻ってくるんだ。だから、置いていく。（ＧＧＫにペンダントを差し出して）大切な母との思い出を置いていきます。さあ、通して下さい。

ＧＧＫ　違う。

三人　えー!?　（それぞれのレベルで）

イリマ　私にとって本当に大切なものです！　嘘じゃありません！

トコフ　そうです！　私の立派なキンタマにかけて誓います。それは本当に王子の大切なものです！

ＧＧＫ　一番大切な者の一番大切なものを置いていけ。

イリマ　だから、私は一番大切なものを、（はっと）私じゃない……一番大切な人は私じゃないんだ。

トコフ　なにを言ってるんですか、王子が一番（はっと）まさか……。

トコフと王子、同時に奈緒美を見る。

奈緒美　……え？

トコフ　そうか。たった今、この扉を通るために一番大切なのは、奈緒美さん、あなたなんだ。あなたの一番、大切なものなんです。

奈緒美　私……

トコフ　なんですか？　あなたの一番大切なものはなんですか？

奈緒美　私の一番、大切なもの……（拓也に）大丈夫。怖くないのよ。ちょっと意外な展開になっただけ。すぐにすむから。

トコフ　それだ。

奈緒美　えっ？
トコフ　それが奈緒美さんの一番大切なものだ。
イリマ　拓也君……。
奈緒美　何を……拓也を置いていけと言うの？　（思わずＧＧＫを見る）
ＧＧＫ　そうだ。
三人　！
ＧＧＫ　人間よ。お前の一番大切なものを置いていけ。そうすれば、死者の国の扉は開く。
奈緒美　……そんな。
トコフ　ちょっとすみません。ハウスキーパーさん。
ＧＧＫ　ゲートキーパー。意地でボケてるだろう。
トコフ　ちょっと。

トコフ、ＧＧＫを少し離れた所に導く。

ＧＧＫ　なんだ？
トコフ　あの、拓也君というのは、彼女の子供らしいんですが、見えるんですか？
ＧＧＫ　いや。
トコフ　そうですよね。魂もいないでしょう。
ＧＧＫ　しかし、感じる。
トコフ　えっ？

GGK　彼女の強い思いを感じる。彼女の一番、大切なものだ。
トコフ　……。

トコフ、奈緒美の前に戻る。

トコフ　奈緒美さん。
奈緒美　なんです?
トコフ　このさい、拓也君、置いていきませんか?
奈緒美　トコフさん!
イリマ　トコフ!
トコフ　(GGKに)戻ってきたら絶対に返してくれるんですよね。
GGK　ああ。お前達が生きたまま戻ってくれば返そう。
トコフ　ほら。死者の国は危険だからさ、拓也君もここに残ったほうがいいんじゃないかと思うんですよ。そうですよね、王子。
イリマ　いや、それは……
奈緒美　ダメよ。ダメに決まってるでしょう!　拓也をここに置いてなんていけないわよ。当たり前でしょう!
トコフ　でも、そうしないと死者の国には行けないんですよ。
イリマ　どうして、一番大切な者の一番大切なものを置いていかないといけないんです?
GGK　生きたまま、死んだ国に入ろうとするのだ。死に近い苦しみを味あわなければ死者の国は許さない。
トコフ　なるほど。奈緒美さん、キフシャム国のためなんです。お願いします！
奈緒美　ダメよ。拓也をここに置いていけるわけないでしょう。さあ、拓也、帰るわよ！
トコフ　奈緒美さん！

奈緒美、戻ろうとする。
その瞬間、ＧＫ（ゲートキーパー）が三人出てきて取り囲む。
ＧＫは、ＧＧＫのマイナーチェンジした格好。手には剣。

イリマ　なんです⁉
ＧＧＫ　お前達は生きている間に死者の国に住む私の姿を見てしまった。生きたまま、お前達の国に戻ることは許されない。
トコフ　どういう意味？
ＧＧＫ　そのままの意味だ。生きたまま戻ることはできない。大切なものを置いて冥界に進むか、ここで死ぬかだ。
トコフ　そんな……奈緒美さん。
奈緒美　拓也を置いてはいけません。（突然）あ、拓也、待って！

奈緒美、拓也を追いかけて走る。
ＧＫは、奈緒美が逃げたと思い、切りかかる。

イリマ　やめろ！

イリマ、さっと剣を抜いてそれを払う。
別のＧＫがイリマに切りかかる。

トコフ　王子！

トコフ、切りかかるＧＫに剣を抜く。その行動を合図に、戦いが始まる。
奈緒美は拓也を抱えて剣を避けようとする。奈緒美を守るイリマとトコフ。
が、ＧＧＫとＧＫは、圧倒的に強く、イリマとトコフはすぐに追い詰められてしまう。
身を寄せ合うイリマ、奈緒美、トコフ。

ＧＧＫ　人間よ。お前の一番大切なものを置いていけ。
奈緒美　嫌です。
ＧＧＫ　ならば、我等が王国の住民となれ。

ＧＧＫ、奈緒美に槍を突きつける。
イリマ、それをかばう。

イリマ　やめろ！

ＧＧＫ　なら、お前からだ。

ＧＧＫ、槍を突き刺そうとする。

トコフがその前に出る。

トコフ　待って下さい！　私の命を差し上げます！　ですから、ここを通して下さい！　お願いします！

イリマ　トコフ。

トコフ　キフシャム国の民が待っているのです！　王子はここで死んではダメなのです！　さあ、私の命を

ＧＧＫ、トコフの言葉の途中で槍を突き刺そうとする。

トコフ　ひゃあ。

トコフ、体をかわす。

トコフ　……ちょっとお。違うでしょう。私の命を差し上げるって言ったら、「その勇気、感動した。さあ、通れ」でしょう。物語の基本じゃないの。ダメでしょう。

ＧＧＫ　面白くない。お前から、死者の国に入れ。

GGK、トコフを刺そうとする。

奈緒美 待って下さい！　……本当に、本当に返してくれますか？

GGK お前達が嘘をつかない限り、死者の国に嘘はない。

奈緒美 ……拓也。一人で、ママを待てる？　すぐに戻ってくるから。それまで、この変なかっこうしたおじちゃん達と一緒にいられる？　……困ったわね。

トコフ 拓也君はなんて？

奈緒美 絶対に嫌だって。

イリマ 無理ですよ。子どもが納得するわけがない。

トコフ あー、拓也君。おじさんの言うこと分かるかな？

奈緒美 拓也、ここですけど。

トコフ 分かってます。拓也君はママが好きだろう。ママのために、ここに残ってくれないかな？

（奈緒美を見る）……どう？

奈緒美 どうって、今、拓也が言った通りです。

トコフ よく分からなかったんだな。奈緒美さん、もう一回言ってくれませんか？

奈緒美 だから……拓也、その言葉はダメです。

トコフ なんです？

奈緒美 だから、デブが残れって。

トコフ デブ……それは私のことか⁉　拓也君、拓也、どこです！

奈緒美　ここです。どうしたんですか？
トコフ　おじさんはデブじゃないんだ。狸仲間じゃ、おじさんはスリムな方なんだぞ。ねえ、拓也君、ママを助けると思って、残ってくれないか？
奈緒美　あの、どれぐらいで戻ってこれますか？
ＧＧＫ　時間か？
奈緒美　はい。
ＧＧＫ　死者の国に時間はない。あるのは、一瞬と永遠だけだ。お前たちは一瞬でここに戻ってくる。そうでなければ、永遠の後《のち》にお前達は帰ってくる。
奈緒美　一瞬か永遠……。拓也、ママちょっと行ってくる。大丈夫。すぐに戻ってくるから。十数《じゅう》えるうちに戻ってくる。泣かないの。（ＧＧＫに）拓也をお願いします。
ＧＧＫ　お前達が嘘をつかない限り、死者の国に嘘はない。冥界の扉の傍《そば》で、お前達の帰りを静かに待つだろう。
トコフ　奈緒美さん。
イリマ　ありがとうございます。

トコフ、リュックから食べ物と伸縮式の戦闘棒を出して置く。

トコフ　拓也君、キエバの実だ。美味《おい》しいぞ。それと、伸縮式の戦闘棒。引っ張ったら伸びるからね。
奈緒美　すみません。大丈夫。拓也、すぐに戻ってくるから。えっ？　……パパはいないでしょう。死んだ人の国なんだから。いないわよ。（強く）すぐに戻ってくる。待っててね。（イリマに）行きましょう。

イリマ　はい。（ＧＧＫに）お願いします。
ＧＧＫ　死者の国の掟に背き、生きているもののために扉を開けろ！

音楽と共に、大きな扉が開く音。
光が舞台の奥から満ちてくる。
同時に悲鳴や怒号、泣き声が押し寄せてくる。
声と光に向かって進むイリマ、奈緒美、トコフ。
やがて、暗転。

第五章

トコフの声が聞こえてくる。

トコフ（声） どれぐらい歩いたのだろう。歩き始めたばかりのような気もするし、もう何年も歩いているような気もする。グランドゲートキーパーが言ったように、冥界では時間の感覚がおかしくなっている。

明かりがつくと、三人の顔をした人形が、人形劇場の景色を背に歩いている。操作しているのは、それぞれ本人。黒衣《くろこ》の面をつけ、顔は隠している。

トコフ（声） 正確な時間は分からないが、何が起こったかは覚えている。冥界の扉を抜けると、いきなり、大きな川があった。

旅の黒衣二人、突然現われ、長い布を両方から引っ張り、川を表わす。

トコフ（声）　流れは急だったが、私が先頭でぐいぐい泳ぎ、二人を導いた。

トコフ人形、川の前に立つ。

トコフ　まかせろ！

トコフ人形、飛び込む。
ざぶんという音。
いきなり溺れて、流される。

トコフ　ぐあー!!
イリマ　トコフー！
奈緒美　王子、こっち、足がつきます！
イリマ　本当だ。ラッキー！

歩いて渡るイリマ人形と奈緒美人形。
背景が谷に変わる。

トコフ（声）　川を渡って、しばらく歩くと、風の強い谷間に出た。ものすごい風で、必死に踏ん張らないと飛ばされそうだった。

黒衣達が、扇風機を持ち出し、草や石を飛ばす。

トコフ 行くぞ！

トコフ（声） そびえる山の間を吹き抜ける風は、挫《くじ》けそうになるぐらい、強く冷たかった。けれど、風がどんなに厳しくても、私が先頭でぐいぐい歩き、二人を導いた。

奈緒美 なんて風なの！

イリマ 奈緒美さん、大丈夫ですか⁉

黒衣、扇風機の風量を上げる。

ごうという風の音。

トコフ人形、風に飛ばされる。

トコフ あーれー！

イリマ トコフー！

奈緒美 王子、重心を低くして歩きましょう！

イリマ なるほど！　ラッキー！

屈《かが》みながら歩くイリマ人形と奈緒美人形。

空を飛んで背景の山にぶち当たるトコフ人形。

トコフ（声）　荒れ果てた風の谷を抜けると、一面の砂漠に出た。

背景が砂漠に変わる。

トコフ（声）　見渡す限り、なにもない空虚が目の前に広がっていた。
トコフ　王子、奈緒美さん、気をつけて下さい。この砂漠はなにかおかしいです！　私が先頭に立ってぐいぐい進んで、
イリマ　いや、今回は私が先に行こう。
トコフ　王子！
イリマ　さ～ば～くう～っ！

イリマ人形、砂漠を軽快に渡る。

イリマ　大丈夫だ。奈緒美さん。
奈緒美　はい。
トコフ　気をつけて下さいよ。
奈緒美　さ～ば～く～。

奈緒美人形も軽快に渡る。

奈緒美　大丈夫よ！
トコフ　それでは、私が渡ります。

トコフ人形、渡り始める。

トコフ　さ〜ずぶずぶずぶっ。

トコフ人形、砂漠にずぶずぶと沈んでいく。

トコフ　沈むー！
イリマ　トコフー！
奈緒美　デブは沈むのよー！
イリマ　そうかー！　やせててラッキー！

風景が森に変わる。

トコフ（声）　１１２kgの体重制限のある砂漠を抜けると、静かな森があった。あんまり静かなので、方向感覚がおかしくなった。歩いても歩いても、森を抜けられなかった。
奈緒美　ねえ、この場所、私、見覚えあるわ。

トコフ　ほんとだ。私も記憶にあります。どうしてでしょう。冥界になんか来たことないのに。
イリマ　そうか！　ここはさっき通ったんだ！　だから見覚えがあるんだ。
奈緒美　えー、それじゃあ、私達、迷ったっていうことですか？
イリマ　どうも、そうらしいです。私達は、同じ所をぐるぐる回ってるんです。
奈緒美　えー、そんなあ。
トコフ　……ちょっと休みませんか。ムダに歩いてもお腹が空くだけです。
イリマ　そうだな。少し、休みましょう。

三人、人形を外し、黒衣の面も取る。（他の黒衣達が、それを運んで去る）
人形劇場の枠組みや背景もなくなる。

第六章

トコフ　さあさあ、何食べましょうか。お腹、ぺこぺこですよ。
イリマ　さっき、食べたばかりだろう?
トコフ　さっきじゃないですよ。最後に食べたのは、6時間以上前でしょう。
イリマ　ほんの5分前だよ。
トコフ　時間の話はやめましょう。ますます、おかしくなります。とにかくお腹が空いたんです。奈緒美さんも食べますか?
奈緒美　いえ。
トコフ　じゃあ、飲物を。
奈緒美　すみません。
トコフ　いいえ。王子も飲物ですね。
イリマ　いや、この森の水を飲むよ。水筒の水は残したほうがいいだろう。
トコフ　そうですか。探すと、なにか木の実があるかもしれませんね。
奈緒美　あの、人間の世界には、生きているものが冥界の食べ物を口にしたら、二度と戻れないっていう言い伝えがあります。キフシャム国にはないですか?

トコフ　さあ……どうでしょう？　王子、知ってますか？
イリマ　いや、そんな気もするけど……カシハブ博士なら知っているんだが。
トコフ　……じゃあ、水筒の水にしましょうか。

トコフ、リュックの中を探る。
イリマ、奈緒美に近づき、

イリマ　大丈夫ですよ。
奈緒美　えっ？
イリマ　拓也君はきっと大丈夫ですよ。すぐに終わらせて、一瞬で戻りましょう。
奈緒美　……ええ。
イリマ　死者の国は嘘をつかないって言ってましたからね。拓也君に危害は加えないと思いますよ。
奈緒美　そう信じるしかないですね。
イリマ　本当にすみません。
奈緒美　……王子は、小さい時にお母さんを亡くしたんですか。
イリマ　えっ？　ええ。私が六歳の時でした。
奈緒美　六歳……拓也と同じですね。お父さんも亡くして、淋《さび》しいでしょう。
イリマ　……奈緒美さんは淋しいですか？
奈緒美　私ですか？　いえ、私には、夫も子供もいますから。
イリマ　そうですか。いいですね。

奈緒美　お母さんは、事故かなにかですか？
イリマ　元々、あまり丈夫じゃなかったんです。それが、女王として無理をして。
奈緒美　やっぱり精霊なんですか。
イリマ　細く美しいアプリコットの木の精霊です。亡くなった時は、哀しくて哀しくて。でも、泣くなって父親に叱られました。
奈緒美　どうしてです？

トコフが飲物をイリマと奈緒美に渡そうとする。

トコフ　ハシモリ王は厳しい方《かた》でしたからね、王子としての威厳を求めたんだと思いますよ。（手渡す）はい。お腹空いてたら、キエバの実があります。私の見事なキンタマにかけて、美味しさは保証します。
奈緒美　（飲物を受けとり）どうも……お母さんのこと、思い出しますか？
イリマ　父親は、私に母親の死に顔を見せなかったんです。
奈緒美　どうして？
イリマ　見せると、余計《よけい》哀しむと思ったようです。逆なんですよ。死に顔が見れなかったから、母親は突然、いなくなったみたいな気持ちになって。会いたくて会いたくて、おかしくなりそうでした。
奈緒美　そうですか……。
イリマ　（強引に気分を変えて）僕の話だけじゃなくて、奈緒美さんのことも教えて下さいよ。奈緒美さんのご主人は何をしてるんですか？
奈緒美　普通の会社員です。メーカーの営業なんですけどね。

イリマ　営業……。

トコフ　奈緒美さんは主婦なんですよね。

奈緒美　まあ。パートもしてるんですけどね。

イリマ　奈緒美さんは主婦になるのが夢だったんですか？

奈緒美　えっ？

イリマ　奈緒美さんの子供の頃の夢ってなんですか？

奈緒美　私の子供の頃の夢は……童話作家です。

イリマ　童話作家。

奈緒美　子供が読む物語を書く人です。私、拓也が大きくなるまでには、絶対に本を出そうと決めてたんです。（強く）うん、そう。

トコフ　どうしたんですか？

奈緒美　いえ、すっかり忘れてました。私、二十代からいろいろと書いてたんです。何回かコンクールに応募したりして。でも、この五カ月はなんの物語も浮かばなくて。物語を全く考えられなくなって。でも、私、童話作家になりたいんです。私、自分で自分の夢、忘れてました。

トコフ　忙しすぎるとそういうこと、ありますよね。

奈緒美　……ひょっとして、これは私の物語なのかな？　夢じゃないんなら、私が作り上げた私の物語に私が入り込んだのかな……。

イリマ　そうだったらいいですね。

奈緒美　えっ？

イリマ　そうだったら、ラストは自分で決められますから。

奈緒美　そうですね……王子の夢はなんですか？

イリマ　僕？　僕ですか、それはもう、立派な王になってキフシャム国の民を幸福にすることです。

トコフ　私の愛しいキンタマのような立派な答えです。

奈緒美　王子に生まれたことが嫌になることはないんですか？

イリマ　嫌ですか？　どうだろう。……さあ、出発しましょうか。

トコフ　でも、どっちの方向に？

イリマ　じゃあ、こっちに行ってみましょう。

トコフ　でも、そっちはさっき行ったような気が……。

イリマ　とにかく、行きましょう。

イリマ、歩き始める。
と、声がする。

ケルベロス　まだ分からないのか。

ケルベロス、登場。上半身が三匹の犬。胴体が後ろに伸びて、後ろ足がついている（実際の上演では、上半身裸の俳優の両肩に作り物の犬の頭を乗せ、後ろにこれまた作り物の胴体をくっつけた。ちなみに、三頭の頭の大きさは同じなのだが、なぜか、右肩の犬が大型犬で低音、左肩の犬が小型犬で高音の泣き声である。真ん中の俳優本人というか本犬は中音域で話す。また、右肩の犬と左肩の犬には、口の部分にヒモが垂れていて、左右の犬が話す時は、真ん中の俳優本人というか本犬がそのヒモを引っ張って、口を動かした。

くだらないったら、ありゃしない)

トコフ　誰だ!?
ケルベロス　我が名はケルベロス。冥界の番犬だ。
トコフ　番犬……犬なのか。
ケルベロス　犬だ。誰がなんと言おうと頭が三つある犬だ。ケルベロスだ。クレームは受け付けない。
イリマ　ケルベロス……。私達は人間と共に旅をしています。
ケルベロス　道に迷っているだろう、(低音で)ワン。
トコフ　えっ、どうしてそれを。
ケルベロス　冥界の番犬にはすべてお見通し、(高音で)ワン。この「妖《あや》かしの森」は、自分に嘘をついているものを決して通しはしない。
イリマ　自分に嘘をついているもの?
トコフ　私達は何も嘘をついてはいません。
ケルベロス　(王子に)その木と木の間をまっすぐ行けば、お前はお前の父親と出会うだろう(低音)ワン。
トコフ　おおっ。本当ですか!
イリマ　そのために、私は冥界に来たんです。
ケルベロス　違う。お前は、父親には会いたくない(高音)ワン。(反対の方向を指して)その木と木の間をまっすぐ行けば、お前が本当に会いたい相手と出会うことができる(低音)ワン。
イリマ　私が本当に会いたい相手?
ケルベロス　母親だ、(中音、つまりそのままの声で)ワン。

イリマ・トコフ・奈緒美　えっ。

ケルベロス　(低音) お前は冥界に入った時からずっと心の中で母親に会いたいと願っているワン。

奈緒美　王子……。

イリマ　嘘です。私は父親に会いたいのです。

ケルベロス　(高音) 冥界では嘘は通用しないと言われなかったか。その木のあいだをまっすぐ進むとお前は母親に会うことができるワン。

イリマ　デタラメを言うな!

ケルベロス　お前が自分の嘘を認めない限り、「妖かしの森」から抜けだすことは絶対にできない。冥界はお前が嘘をつく限り、永遠に嘘を続ける、(低音) ワン、(高音) ワン、(中音) ワン。

イリマたち、三頭が口を開くたびに、それぞれの顔を思わず見てしまう。

イリマ　ふざけるな!

イリマ、父親への道を選ぶ。ケルベロス、すぐに、前に立ちふさがろうとする。が、ケルベロスは (犬である後ろ足が作り物なので) なかなか、うまく動けない。小回りがきかないのだ。

ケルベロス　待て!　死者の国で嘘をつくことは許されない!　待つんだワン!

ケルベロス、懸命に止めようとするが、うまく動けない。

ケルベロス　待て！　待つんだ！　（低音）ワンワンワンワン！　（高音）ワンワンワンワン！
トコフ　……ちょっと待て。お前はただのギャグか？　それともちょっとはシリアスか？
ケルベロス　全部シリアスに決まっとるだろう！　全身がギャグみたいなお前に言われる筋合いはない。俺は冥界の番犬だぞ！　（低音）ワン、（高音）ワン、（中音）ワン。

イリマ、いきなり走り去る。
ケルベロス、うまく追いつけない。

ケルベロス　待てー！

ケルベロス、イリマを追って退場。
すぐに連れて戻ってくる。
小回りはきかないが、直線距離は得意らしい。

ケルベロス　待つんだ！　すばしっこい奴だ！
トコフ　お前が遅いんだ。
ケルベロス　口ばっかり達者な奴だ。
奈緒美　ねえ、あなたバカでしょう。
ケルベロス　……ようし、こうなったら仲間を呼ぶぞ！　ケンタウロス！　スフィンクス！　シュティーア！　集合！（低音）ワン！（高音）ワン！（中音）ワン！

上半身が裸の人間で下半身が馬のケンタウロス、上半身が裸の人間で下半身がライオンのスフィンクス、上半身が裸の人間で下半身が乳牛のシュティーアが登場。

三人三獣　（ヒヒーン！　ガオー！　モオー！）

ただし、（作り物の後ろ足がじゃまで）うまく動けない。

ケルベロス　ここから一歩も通さないぞ！
ケンタウロス　絶対に、
スフィンクス　お前たちを、
シュティーア　通さないぞ！
トコフ　行きましょう。

イリマ達、通ろうとする。
必死でふさごうとする四人四獣。

ケルベロス　待つんだ！
ケンタウロス　ほんとに待て！

スフィンクス　ちょっと待て！
シュティーア　とにかく待て！

が、後ろ足がぶつかって、うまくイリマ達を止められない。
「痛い！」「狭い！」「足を踏むな！」「じゃまだよ！」と文句を言い合う。やっぱり、小回りがきかないらしい。

トコフ　（呆れて）だから、お前達はただのギャグなのか、少しはマジなのか？
ケルベロス　頭から尻尾まで全部マジに決まってるだろう！
ケンタウロス　マジだよ！
スフィンクス　シリアスだよ！
シュティーア　大真面目《おおまじめ》だよ！
ケルベロス　冥界の番犬だぞ！
ケンタウロス　冥界の番馬《ばんうま》だぞ！
スフィンクス　冥界の番ライオンだぞ！
シュティーア　冥界の番乳牛《ばんにゅうぎゅう》だぞ！
奈緒美　ねえ、みんなバカでしょう。
四人四獣　……。
ケルベロス　絶対にお前たちをここから通さない！
ケンタウロス　絶対に、
スフィンクス　お前たちを、

シュティーア　通さない！
ケルベロス　ミュージック！

音楽がかかる。
ブールハーツ、『月の爆撃機』を歌うケルベロス。
ケンタウロスとミノタウルスとシュティーアは踊りとコーラスで参加。
まずは低音で。つまりは、右肩の犬の口についたヒモを引っ張りながら歌うケルベロス。

ケルベロス　〽（低音）ここから一歩も通さない
（高音）理屈も法律も通さない
（低音）誰の声も（高音）届かない
（低音）友達も（高音）恋人も（低音）入（高音）れな（低音）い
ケルベロス・三人三獣　〽手掛かりになるのは薄い月明り
トコフ　なぜ、歌う？

と、イリマもどこからともなくマイクを持ち出し、

イリマ　〽あれは伝説の爆撃機
この街もそろそろ危ないぜ
どんな風に逃げようか

すべては幻と笑おうか

イリマ・四人四獣 〽手掛かりになるのは薄い月明り

イリマ・ケルベロス 〽いつでもまっすぐ歩けるか
湖にドボンかもしれないぜ
（ケルベロスは低音）誰かに相談してみても
（ケルベロスは高音）僕らの行く道は変わらない

と、トコフもマイクを持ち出し、

トコフ 〽手掛かりになるのは薄い月明り

さらに、奈緒美も持ち出し、

奈緒美 〽手掛かりになるのは薄い月明り

歌、終わる。

トコフ どうして!? どうして歌ってしまったんだ！ 王子まで！

ケルベロス 冥界の番犬、ケルベロスは歌好きなのだ。お前たちは、私の魔法にかかったんだ。いい歌だったぞ。

満足そうに、イリマ達に拍手をする四人四獣。

ケルベロス　さあ、自分に嘘をつかず、正直に母親の待つ道を進むのだ。

イリマ　うるさい！

イリマ、父親への道を進もうとする。
ケルベロス達、道をふさぐ。

イリマ　通してもらおう。

イリマ、剣を抜く。

トコフ　王子！

ケルベロス　愚かな。我々と戦って勝てると思っているのか？

ケンタウロス　ケルベロス！

スフィンクス　ハイパー・スピード！

シュティーア　バトル・システム！

三人三獣　スイッチ・オン！

ケルベロス、高速の動きに入る。それを象徴するような効果映像。

三人三獣　ひゅんひゅんひゅんひゅんひゅん。

ケルベロス、高速でイリマに近づいた風。（実際は、スローモーションで近づく）

三人三獣　ひゅんひゅんひょい（ケルベロス、剣を避ける）、ひゅんひゅんちゅっ（ケルベロス、何故かイリマにキスをする）、むんず（ケルベロス、イリマの剣をつかむ）、ぺりぺり（ケルベロス、イリマの指を外して剣を取る）、ひゅんひゅんぶっしゅわー！

元の位置に戻るケルベロス。
はっとするイリマ。
自分の剣をケルベロスが持っていることに気づき、

イリマ　そ、そんな！
ケルベロス　私達に戦いを挑むことが無駄だと分かったか。我々はお前たちの数百倍の身体能力があるのだ。
ケンタウロス　数！
スフィンクス　百！
シュティーア　倍！

イリマ　くそう……。
奈緒美　体力のあるバカなのね。
トコフ　王子、本当なんですか⁉　王子は、ハシモリ王よりマノイ女王に会いたがっているんですか？
イリマ　トコフ、教えてくれ。どうしたら、自分の思いを捨てることができるんだ？
トコフ　自分の思いを……
奈緒美　ダメでしょう！　母親に会いたい気持ちを捨てちゃダメでしょう！
イリマ　私は父親に会いたいんだ！

明かり、イリマに集中する。
父親であるハシモリ王の巨大な映像が浮かぶ。
ハシモリ王の声がする。

ハシモリ　イリマよ。なぜ泣いている？
イリマ　お願いです。母さんに会わせて下さい。
ハシモリ　マノイは死んだ。もう会っても意味はない。
イリマ　母さんの顔が見たいんです。
ハシモリ　見れば、ますますお前は泣くだろう。いいか、イリマ。母親が死んでも王子は泣かない。王子が泣くのは、この国が滅びる時だけだ。王になる人間は人前で涙を見せるな。お前が泣けば、キフシャムの民が泣く。笑え。母の死など、平気だと微笑め。それがお前の仕事だ。
イリマ　父上は、父上は悲しくはないのですか？

ハシモリ　女王の仕事は、生きてキフシャムの希望の星となることだ。病に負けたマノイはその仕事に失敗したのだ。女王として失格した者の死を嘆く意味はない。
イリマ　体の弱い母さんを働かせたのは父上じゃないですか！　母さんを殺したのは父上です！
ハシモリ　イリマ、それが女王の仕事なのだ。
イリマ　僕は母さんに会いたいんです！
ハシモリ　泣くな。笑え。涙を見せるな。微笑め。キフシャムの希望となれ。
イリマ　（叫ぶ）私は父親に会いたいんです！

ハシモリ王の映像、消える。
イリマ、ペンダントを首から出し、引きちぎり、足で踏む。

イリマ　（踏み続けながら）私は母親になんか会いたくないんだ！　会いたくないんだ！
トコフ　王子、そのペンダントは！
奈緒美　王子！
イリマ　会いたくないんだ！　顔も見たくないんだ！　母親なんか大嫌いなんだ！　大嫌いなんだ！
……（ケルベロスに）道を開けて下さい。私は父親に会わなければいけないのです。
ケルベロス　……それを、捨てていけるのか？
イリマ　もちろんです。
ケルベロス　私が拾《ひろ》って、そして冥界の闇に打ち捨てるぞ。
イリマ　構いません。

ケルベロス、ゆっくりとペンダントに近づく。そして、ペンダントを拾おうとして手を伸ばす。が、うまく屈めないので届かない。手を一杯に伸ばしても、地面に落ちたペンダントに手が届かない。
ケルベロス、ふと考えて、イリマの剣にひっかけて拾おうとするがうまくいかない。

ケルベロス　……誰か拾ってくれ。

ケンタウロス、スフィンクス、シュティーア、集まってペンダントを拾おうとするが、全員、体が固くて屈めない。
イリマが、それを拾って、ケルベロスに渡す。

ケルベロス　ありがとう。……今、お前の気持ちは変わった。さあ、父親の道を進め。

ケルベロス、イリマに剣を戻し、道をあける。
イリマ、走り去る。追いかける、トコフ、奈緒美。

ケルベロス　さらばだ！　旅の無事を祈る、ケルベロス達の別れの歌と踊りワン！

音楽が始まる。
『また逢う日まで』（尾崎紀世彦）

ケルベロス　〽また逢う日まで
逢える時まで
別れのそのわけは話したくない
なぜかさみしいだけ
なぜかむなしいだけ
たがいに傷つき　すべてをなくすから
ふたりでドアをしめて
ふたりで名前消して
その時　心はなにかを話すだろう

ケンタウロス、スフィンクス、シュティーアは、ダンスとコーラスで参加。

歌終りで、ケルベロス、深々とおじぎ。歌いきった満足感が、ケルベロスの顔に溢《あふ》れる。

暗転。

第七章

トコフ（声）　森を抜けると、見たこともない真っ赤な花が咲く丘に出た。


一面に赤い花の映像。

花畑を歩く三人の映像が続く。


トコフ（声）　泣きたくなるような、懐かしいような匂いが花畑一面に広がっていた。花畑を歩いているあいだ、なぜか涙が止まらなかった。

イリマ（声）　トコフ、なぜ泣いているのですか？

トコフ（声）　王子も泣いてますよ。

イリマ（声）　そんな、私が泣くわけが……ほんとうだ。これは涙だ。

奈緒美（声）　二人とも大丈夫？

イリマ（声）　奈緒美さんも泣いてますよ。

奈緒美（声）　嘘よ。……あれ、これはなに？　まさか、涙なの？　どうして？

イリマ（声）　どうしてなんでしょう。

花がざわざわと揺れ、花びらが舞い上がる。

イリマ（声） これは……

トコフ（声） 花が泣いてるんです。

奈緒美（声） 花が……

トコフ（声） 泣いている花畑を、泣きながら歩いた。泣いて泣いて涙が足らなくなった頃、花畑の先には、「忘れ川」が流れていた。

「忘れ川」を見つめる三人の映像に変わる。

トコフ（声） 王子、この川はひょっとして

イリマ（声） 間違いない。「忘れ川」だ。

奈緒美（声） 「忘れ川」？

トコフ（声） この川の水を飲むと、全てを忘れると言われています。

奈緒美（声） 全てって？

イリマ（声） 全てです。自分の名前も家族も経験したこと全てを。

トコフ（声） 生まれ変わることを決めたら飲むそうです。この水を飲んで、全てを忘れて、違う世界に生まれ変わるんです。

奈緒美（声） 生まれ変わる……冥界には天国とか地獄ってないんですかね？

イリマ（声）　天国とか地獄？

トコフ（声）　それは、文字を持つケダモノが社会的秩序を維持するために発明した概念だと、カシハブ博士が言ってました。

奈緒美（声）　どういう意味です？

トコフ（声）　私のきらめくキンタマにかけて、まったく分かりません。

イリマ・奈緒美（声）　……。

トコフ（声）　「忘れ川」の水は、透明で冥界の光を反射して、きらきらと光っていた。私達は、「忘れ川」に沿って、冥界の奥深くへと歩き続けた。そして、

映像が消える。

明かりがつくと、ハシモリ王が立っている。メタセコイアの巨木をイメージした王の威厳ある服とマント。

頭には、枝の冠。

イリマ、奈緒美、トコフ、登場。

ハシモリ王、イリマ達に気づく。

ハシモリ　イリマか！　イリマなのか！
イリマ　ハシモリ王！
トコフ　ハシモリ王！　私達が分かるんですね！
ハシモリ　トコフ！　お前もか！　イリマ、まさか、もう一度、お前の顔が見られるとは！　私はなんという幸せな父親なんだ！　元気にしているか？

イリマ　はい。なんとかやっています。
トコフ　ハシモリ王はお元気なのですか？
ハシモリ　元気だと言いたいところだがな、私は死んでいるんだぞ。元気なはずがないだろう。
トコフ　そうでした。
ハシモリ　相変わらず、トコフはバカだなあ。しかし、よくここまで来られたな！
イリマ　人間の奈緒美さんに導いてもらったのです。
ハシモリ　人間の……（奈緒美に）ありがとう。心から感謝します。
奈緒美　あ、いえ。
ハシモリ　疲れたであろう。ゆっくり休むがいい。
イリマ　いえ、父上。休む時間は、
ハシモリ　休まなくていいのなら、祝宴を開きたい。
イリマ　祝宴？
ハシモリ　私は嬉しくてたまらないのだ。お前と再会した喜びを分かち合わせてくれ。
イリマ　でも、
ハシモリ　ささいな、ささいな祝宴でいいのだ。お前の顔が見られて本当に嬉しいのだよ。
奈緒美　（トコフに）いいお父さんじゃないの。
トコフ　ええ。
ハシモリ　さあ、祝宴だ。祝宴を始めよう！

家来が二人、食べ物と飲物の入ったグラスを運んでくる。

ハシモリ　さあ、遠慮せずに食べてくれ。飲んでくれ。

イリマ　ハシモリ王。申し訳ないのですが、さっそく、テプガンズ国の呪いを解く呪文を教えていただけませんか？

ハシモリ　分かっている。だが、今この時は、息子との再会を喜ぶ一人の父親であることを許してはくれないか。

イリマ　ハシモリ王。時間がないのです。今、まさにこの瞬間にも、キフシャムには闇が広がっているのです。

ハシモリ　イリマ。お願いだ。この一杯だけでいい。息子として、父の最後の杯《さかずき》を受けてくれ。

イリマ　……。

トコフ　おお。すごいご馳走《ちそう》だ！　さっそくいただきますか！

奈緒美　トコフさん。これって、冥界の食べ物よね。

トコフ　えっ……

奈緒美　これを食べても、私達、ちゃんと戻れるのかな？

トコフ　いや、そんな……

トコフの手が止まる。

ハシモリ　さあ、イリマ。喜びの乾杯だ。私はお前に会えて本当に嬉しいぞ。

イリマ　ハシモリ王は「忘れ川」の水を飲まなかったんですね。

ハシモリ　ああ。お前のことを忘れたくなくてな、生まれ変わりたいという気持ちがどうしても起きなかった。

イリマ　忘れたくなくて？

ハシモリ　ああ。そうだよ。さあ、乾杯だ。

イリマ　父上は私のことが好きでしたか？

ハシモリ　当たり前じゃないか。大好きだったよ。お前を失うぐらいなら、キフシャム国を手放してもいいと思ったぐらいだ。

イリマ　あやかし！

イリマ、ハシモリ王を切る。

トコフ・奈緒美・家来　（悲鳴）

トコフ　王子！

その瞬間、白い煙が出て、ハシモリ王も家来もいなくなる。

トコフ　……どういうことです？

イリマ　王はあやかしだ。

トコフ　あやかし⁉

イリマ　嘘の父だ。

奈緒美　嘘の父⁉

トコフ　どうして分かったんですか⁉

イリマ　父が決して言わないことを言った。

トコフ　決して言わないこと……

奈緒美　つまり……これは……冥界が私達に嘘をついたということよね。……冥界が嘘をつくのは、

トコフ　冥界が嘘をつくのは……王子、失礼ですが、王子はまだ自分に嘘をついていますか？

イリマ　急ごう。もうすぐだ。

トコフ・奈緒美　えっ？

イリマ　もうすぐ本当のハシモリ王に会える予感がする。間違いない。さあ、急ごう。

イリマ、去る。

トコフ、奈緒美、続く。

暗転。

第八章

すぐに、タチアカの姿が現われ、演説を始める。

タチアカ　キフシャム国の将軍、兵士達よ！　今まさにこの瞬間に、テプガンズ国の闇がキフシャムの草木《くさき》を枯らし、キフシャムの民を殺し続けている。今まさにこの瞬間に、キフシャムの子供達が闇に呑まれ、断末魔の叫びを上げながら暗黒に消えている。王子が冥界に旅立って今日が約束の一週間だ。今まさにこの瞬間に、王子は呪文を持って帰ることができなかった。今、我々に求められていることは何か？　我々はただ手をこまねいて傍観《ぼうかん》するだけなのか？　おろおろと混乱しながら、奇跡を待つだけなのか？　違う！　我々は呪文も奇跡も待ちはしない！　我々のすべきことはただひとつ、戦うことだ！　明日、我々は夜明けとともに、テプガンズ国の闇に向かって進撃を開始する。大切なキフシャムの民を守るために、愛しいキフシャムの自然を守るために、輝くキフシャムの未来を守るために、我々は剣を抜き、鬨《とき》の声を上げる。戦いは、今まさにこの瞬間に始まるのだ！　キフシャムを愛する、すべての将軍、兵士達よ！　立ち上がれ！

と、ミスタンが飛び込んでくる。

ミスタン　タチアカ様！　お願いです！　もう一日、もう一日王子様をお待ち下さい。
タチアカ　約束は一週間だ。それ以上は待てぬ！
ミスタン　タチアカ様。お願いです。
タチアカ　うるさい！

タチアカの従者が一人現われて、ミスタンに剣を突きつける。逃げようとするミスタン、追い詰められ切られる。

タチアカ　臆病者は去れ！　真にキフシャムを愛するものに私は語りかける！　キフシャムを心から愛する将軍、兵士達よ。明日、日の出とともに進撃を開始するのだ！

「おおーっ」という群衆の反応。

暗転。

第九章

客席の通路を歩いているイリマ、トコフ、奈緒美。と、ハシモリ王が登場。第七章と同じ姿。ただし、左右の腰に剣を差す。ハシモリ王は二刀流だ。イリマ達、舞台に駆け上がる。

イリマ　ハシモリ王！
トコフ　ハシモリ王！
ハシモリ　イリマ！　トコフ！　遅いじゃないか！
イリマ・トコフ　えっ。
ハシモリ　家臣や兵隊はどこだ？　私はなぜ、こんな所につれて来られたんだ⁉　ここはキフシャムのどこだ⁉
イリマ　……。
ハシモリ　とにかく、帰ろう。イリマ、道案内を頼む。ずっと、歩いても歩いても、ここに戻ってくるのだ。
イリマ　……

ハシモリ　一体、ここはどこなんだ？　トコフ、ここがどこか分かるか？
トコフ　ここは……
ハシモリ　どこなんだ？
トコフ　（言うかどうか迷って）王子。
イリマ　ここは……冥界です。
ハシモリ　冥界？　冗談を言ってる場合じゃないんだ。ここはどこだ？
イリマ　ですから……
トコフ　冥界なんです。
ハシモリ　いいかげん、怒るぞ。冥界に生きているものが行けるわけないだろう。
トコフ　王子。
イリマ　ハシモリ王は、お亡くなりになったのです。
ハシモリ　イリマ！　お前じゃなければ、そんな冗談を言った奴は死刑だぞ。
イリマ　ここは冥界です。だから、ハシモリ王は歩いても歩いてもここから出られないのです。
ハシモリ　では、お前たちも死んだというのか？　私達は、死者の国で再会したのか？
トコフ　私達は、現世から冥界を旅して、ハシモリ王に会いにきました。
ハシモリ　生きたままか？　冥界を旅するなど、文字を持つケダモノがいない限り不可能だ。
イリマ　彼女に、人間の奈緒美さんに導いてもらいました。
ハシモリ　（奈緒美を見て）人間……お前達は生きたまま、冥界に来たというのか。
イリマ　そうです。
ハシモリ　そして、私は死んだというのか？

イリマ・トコフ　はい。
トコフ　私の麗《うるわ》しいキンタマにかけて真実です。
ハシモリ　ふざけるな！　私が死ぬわけがない！　年老いてもない私がどうして死ななければいけない！
トコフ　テプガンズ国の闇の影響だと思います。ハシモリ王は突然、倒れられました。天をつく巨木が雷に撃たれて、またたく間《ま》に二つに裂けるように。
ハシモリ　嘘だ！（剣を抜いて）イリマ、私を切れ！　緑の血と痛みが私に生きていることを雄弁に教えてくれるだろう。さあ、イリマ、私を切れ！
イリマ　……（気押《けお》されて動けない）
ハシモリ　イリマ！　……この臆病者！　ならば、トコフ、お前が切れ！
トコフ　そんなできません！
ハシモリ　腰抜けが！

ハシモリ王、自分の手首の部分を剣で切る。

ハシモリ　ほら、私の手首は痛みに……痛みに……

ハシモリ王、何度も手首を切る。
が、痛みはない。

ハシモリ　……なぜだ？　なぜ、痛くない？　なぜ、傷つかない？

トコフ　……もう死んでいるからです。
ハシモリ　うるさい！　私は王だぞ！　キフシャム国のハシモリ王だ！　私は死なない！　全部、でたらめだ！　いい加減にしろ！

ハシモリ王、走り去る。

イリマ　ハシモリ王！

イリマ、トコフ、奈緒美、追いかけて去る。

すぐに、ハシモリ王が出てくる。

一人さまようハシモリ王。明かりがハシモリ王に集中する。混乱し、走る。映像が激しく風景を変える。

かなり離れたと思い、立ち止まるハシモリ王。

明かりが広がると、イリマ達が見つめている。

ハシモリ王、それに気づく。そして、激しく驚く。

ハシモリ　……どうしてだ!?　どうして、お前達がここにいる！

ハシモリ王、また走り去る。

三人は追わない。

すぐに登場するハシモリ王。息が上がっている。

映像が激しく風景を変える。
もういいだろうと立ち止まり、そして再び、イリマ達に気づいて愕然とする。

ハシモリ　そんな……。

ハシモリ王、思わずしゃがみ込む。
間。

ハシモリ　……お前達は何しにここに来たんだ？
イリマ　テプガンズ国の闇が広がっています。ハシモリ王、呪いを解く呪文を教えて下さい。
ハシモリ　なに？
イリマ　王家に代々伝えられている、呪いを解く呪文を私に教えて下さい。
ハシモリ　……そのために、そのためにお前は冥界に来たのか？
イリマ　そうです。
ハシモリ　お前には無理だ。
イリマ　えっ？
ハシモリ　お前には、闇と戦う力はない。
イリマ　……。
トコフ　ハシモリ王。それでも、王子は戦わないといけないんです。
ハシモリ　たとえ、呪文を教えても、お前は戦えない。お前は、怯《おび》え、うずくまるだろう。

イリマ　私は戦います！
ハシモリ　……私と代わらないか？
イリマ・トコフ・奈緒美　えっ？
ハシモリ　私にはやるべきことが山ほどあるんだ。テプガンズの闇と戦えるのは、私だけだ。イリマ、私と代わろう。
イリマ　ハシモリ王……
ハシモリ　お前が冥界に残れ。私が現世に戻る。
トコフ　ハシモリ王！　そんなことは不可能です！
ハシモリ　お前達はすでに冥界を旅する不可能をやり遂げたのだ。死者と生者を入れ変えるぐらいの不可能はなんでもないだろう。さあ、イリマよ。私と代われ。お前がここに残り、私がキフシャムに帰る！
イリマ　……（気押されて後ずさりする）
奈緒美　ちょっと王様。自分が何言っているのか、分かってます？　親が自分の子供に死ねって言ってるんですよ!?
ハシモリ　すべてはキフシャム国のためだ。トコフも、闇と戦うのは、イリマより私のほうがいいと思っているだろう。さあ、私と代われ。
イリマ　……嫌です。
ハシモリ　実の父親の代わりに死のうとは思わないのか！　それでも息子か！　父親を愛してないのか!?
奈緒美　ちょっと、ムチャクチャ、言ってない？
トコフ　（言葉使いに困惑して）奈緒美さん。

イリマ　……私は代わりません。
ハシモリ　では私も呪文は教えることはできない。
イリマ・トコフ・奈緒美　えっ！
トコフ　ハシモリ王！
ハシモリ　お前には呪文を教えることはできない。
イリマ　では、私達は帰ります。
ハシモリ　なに⁉
トコフ・奈緒美　えっ。

イリマ、去ろうとする。
トコフ、慌てて駆け寄り、

トコフ　いいんですか？　ここまで来て、帰っていいんですか？
イリマ　トコフは私が死んだ方がいいと思うのか？
トコフ　違いますよ！　でも、結論、早くないですか？
イリマ　期待した私がバカだったんだ。あいつはこういう奴だったんだ。あいつは、僕が死ぬことなんて、少しも哀しくはないんだ。母親が死んだ時だって、あいつは少しも哀しそうな顔を見せなかったんだ。それが哀しくて哀しくて、僕は泣いたんだ。あいつは自分しか愛してないんだ！　僕はあんな奴が父親で本当に悔しい！　殺してやりたいぐらい悔しい！
トコフ　殺すって言っても、もう死んでますからねえ。……分かりました。私がちょっと話します。

奈緒美　王子……。

　トコフ、ハシモリ王に近づく。

トコフ　ハシモリ王、考え直してくれませんか。
ハシモリ　トコフ。お前が忠臣の誉《ほま》れを見せてくれるのか？
トコフ　チュウシンのホマレ？
ハシモリ　冥界の掟は、おそらく、数が合えばいいのだ。一人が死ねば一人が生き返る。イリマでなくとも、誰か一人が死ねば、私は蘇《よみがえ》ることができる。
トコフ　仰《おっしゃ》っていることが、よく分かりません。
ハシモリ　キフシャムが心配ではないのか？
トコフ　心配ですよ。
ハシモリ　キフシャムを愛してないのか？
トコフ　愛してますよ。
ハシモリ　イリマを慕ってないのか？
トコフ　慕ってますよ。
ハシモリ　ならば、結論はひとつじゃないか。
トコフ　……。
ハシモリ　さあ、トコフ。私と代わるのだ。自らの命と引き換えにお前はキフシャム国を救ったのだ。サンキュウ、トコフ、大好きだよ。

トコフ　失礼します。

トコフ、イリマの傍に戻る。

奈緒美　どうだった？
トコフ　あいつ、性格、腐ってます。
イリマ　もういい。分かっていたことだ。戻ろう。
奈緒美　それでいいの？
イリマ　しょうがありません。

イリマ達、去ろうとする。

ハシモリ　待て。イリマ。逃げるのか？
イリマ　……。
ハシモリ　だからお前は王になれぬと言っているのだ。臆病者め。恥を知れ。

イリマ、振り向く。

ハシモリ　呪文が欲しければ、実力で奪い取ろうとは思わないのか。

ハシモリ王、ゆっくりと二本の剣を抜く。

トコフ　ハシモリ王！

ハシモリ　剣など怖くて抜けぬか。呪文かお前の命か、賭けて戦う勇気はないのか。

イリマ　そんな賭けはしない。……ただ、私はあなたが許せない。母を殺したのはあなただ。

イリマ、ゆっくりと剣を抜く。

トコフ　王子！

ハシモリ　マノイを殺したのは私ではない。女王という仕事が彼女を殺したのだ。

イリマ　母を追い詰めたのはあなただ！

奈緒美　ねえ、どうして親子が戦うのよ！

ハシモリ　どうした。震えてるではないか。

イリマ　うるさい！

イリマ、切りかかる。ハシモリ王、それを素早く払う。

二刀流で、イリマに切りかかるハシモリ王。必死で防戦するイリマ。

イリマが不利の戦い。やがて、ハシモリ王の二本の剣がイリマの剣を弾き飛ばす。

さっとイリマに剣を突きつけるハシモリ王。

ハシモリ　さあ、お前の命をもらおう。
イリマ　嫌だ。
ハシモリ　卑怯者め。約束を破るのか。
イリマ　そんな約束はしていない。あなたとは、どんな約束もしない！
ハシモリ　ならば、死ぬぞ。
イリマ　さあ、刺せ。この命、あなたに使われないのなら、本望だ。
ハシモリ　死ぬぞ！
トコフ　ハシモリ王！
奈緒美　ダメ！
イリマ　さあ、刺せ！

胸を突き出すイリマ。
ハシモリ王、剣を突きつけ、そして、やめる。

ハシモリ　……卑怯者め。

間。
イリマ、立ち上がり、去ろうとする。

ハシモリ　（剣で止めて）待て。どこに行く。

イリマ　帰ります。
ハシモリ　許さん。

ハシモリ王、イリマに剣を突きつける。

ハシモリ　お前の生きるエネルギーを私に渡せ。力を抜いて心を開き、私を受け入れろ。
イリマ　刺したらどうですか？
ハシモリ　私を受け入れるんだ！

ハシモリ王、殺気立つ。

奈緒美　ちょっちょっと待って。お互い、冷静になってさ。王様、ちょっと私と話してくれませんか？
ハシモリ　これは王家の話だ。文字を持つケダモノには関係ない。
奈緒美　でも、このままじゃあ、話が全然、進まないし、お互いにとってもいい結論にならないでしょう。（イリマとトコフに）ちょっと、離れててくれる？

トコフ、動かないイリマを強引にはがい締めにして、連れ去る。

奈緒美　私も子供がいるから分かるんですけどね、親子関係ってのはそれはもう難しいですよ。特に、同性同士ってのは難しいんでしょう。それは精霊も人間も同じだと思いますよ。

ハシモリ　文字を持つケダモノと話すつもりはない。

奈緒美　文字を持つケダモノはね、親が息子の身代わりになることはあっても、自分の代わりに死ねなんて言わないんです。それでも親なんですか⁉

ハシモリ　私はキフシャム国のハシモリ王だ。

奈緒美　……このままだと、王様が怒って、王子を切って終わりですよ。それでいいんですか？　王子はハシモリ王の子供なんだから、絶対にうんといいませんよ。

ハシモリ　なに？

奈緒美　だって、子供は親を見て育つんですよ。ハシモリ王がガンコなんだから子供もガンコに決まってるじゃないですか。もう、ものすごいガンコですよ。

ハシモリ　私はガンコではない。意志が強いんだ。

奈緒美　王子もまったく同じこと言うと思いますね。

ハシモリ　キフシャム国を救えるのは私だけだ。

奈緒美　王子もまったく同じこと言うと思いますね。ハシモリ王の子供なんですから。

ハシモリ　……。

奈緒美　キフシャム国を一番愛しているのは、ハシモリ王なんでしょう？

ハシモリ　そうだ。

奈緒美　だったら、王子をここで殺しちゃダメでしょう。キフシャム国を救わないと。

ハシモリ　……。

奈緒美　もう、ぱぱっと呪文、教えちゃいますか？

ハシモリ　軽いなあ。

奈緒美　だって、お互いガンコで依怙地《いこじ》になってるんだから、このままだと王子切るしかないでしょう。それは最もバカバカしい結論だって、賢いハシモリ王なら分かるでしょう。
ハシモリ　……教えたら、もう、終わりだろう。
奈緒美　えっ？
ハシモリ　教えたら、もう、お前たちはいなくなって、それで終わりだろう。私に残されるのは、冥界の闇だけだ。
奈緒美　えっ？　どういうこと？　一人が嫌だってこと？
ハシモリ　私には、私が死んだということがどうしても納得できないのだ。
奈緒美　……でも、頭では分かっているでしょう。
ハシモリ　頭では分かっても、心では分からない。文字をもつケダモノ、人間よ。お前達の世界でもないか？　死んだことを絶対に認めたくないという気持ちになることが。
奈緒美　それは……気持ちは分かるけど、しょうがないじゃないの。
ハシモリ　王の辞書には、「しょうがない」という言葉はないのだ。
奈緒美　……じゃあ、王子、切るの？　それでいいの？
ハシモリ　……。
奈緒美　誰よりもキフシャム国を愛してるんでしょう？
ハシモリ　……分かった。呪文を教えよう。
奈緒美　偉い！　それでこそ、王様！
ハシモリ　ただし、ひとつ条件がある。
奈緒美　条件？

ハシモリ　冥界から大切なものを持ち帰る時、決して振り向いてはいけない、という言い伝えがある。
奈緒美　あ、それ、人間の世界にもある。振り向くと、大切なものを失うってやつね。
ハシモリ　失うだけではない。全てを忘れる。「忘れ川」の水を飲んだと同じ状態になる。
奈緒美　「忘れ川」と同じ。
ハシモリ　そうだ。振り向いたものは、全てを忘れる。
奈緒美　それで？
ハシモリ　イリマは、振り向くなという試練に耐えられないだろう。
奈緒美　えっ？
ハシモリ　イリマは帰り道、耐えきれず必ず振り向く。そして、手に入れた大切な呪文だけではなく、全てを忘れる。自分の名前も自分が生きているか死んでいるかさえ。
奈緒美　……それで？
ハシモリ　その時、人間のお前は私のことを強く思って欲しい。そうすれば、私はそこにいくことができる。
奈緒美　そこにいく……？
ハシモリ　イリマが振り向いた場所にだ。そして、全てを忘れたイリマと入れ代わる。生きているものと死んだものが交代するのだ。
奈緒美　……そんな。
ハシモリ　すべては、キフシャム国を救うためだ。（ポケットから小さな壜《びん》を取り出して）この中に「忘れ川」の水を入れよう。
奈緒美　えっ？

ハシモリ　「忘れ川」の水を呼ぶ。キフシャム国の王は死んでもそれぐらいの魔法は使えるのだ。

小さな壜に水が満ちてくる。

ハシモリ　もし、イリマが恐怖や不安で動けなくなったら、これを飲ませろ。
奈緒美　どうして？
ハシモリ　そして、人間、その時、私のことを思うのだ。お前の思念に導かれて私はそこに現われ、イリマと交代する。
奈緒美　そんな水、必要ないと思うけど。
ハシモリ　振り向いたらもう必要ない。その時は、人間、お前が使うのもいいだろう。すべてを忘れることができるぞ。
奈緒美　……。

ハシモリ王、奈緒美に強引に壜を渡す。
奈緒美、思わず受け取る。

ハシモリ　（叫ぶ）イリマ！　お前に呪文を授けよう！

飛び出てくるトコフ。続いてイリマ。

トコフ　ハシモリ王！

ハシモリ　さあ、持っていけ。これが闇の呪いを解く呪文だ。

ハシモリ王、懐から小さな玉を取り出し、口の中で言葉をつぶやく。
小さな玉、強く光り始める。

ハシモリ　イリマ、お前のものだ。

ハシモリ王、光る玉をイリマに渡す。

ハシモリ　感じるな？　呪文の言葉を。

イリマ　……はい。

トコフ　ありがとうございます。

イリマ　どうして？　どうして私に呪文を教える気持ちになったんですか？

ハシモリ　人間に説得されたんだよ。お前がかわいそうだとな。

奈緒美　そんなこと、言ってないわ！

ハシモリ　いいか、冥界から大切なものを持って帰る時、お前は決して、振り向いてはいけない。……分かっています。

イリマ　振り向いてはいけない。……分かっています。

トコフ　そうです。そうでした！

ハシモリ　私は予言する。お前は振り向く。

イリマ・トコフ　えっ。

ハシモリ　お前は必ず振り向く。

トコフ　ハシモリ王。

イリマ　……失礼します。

イリマ、去る。

トコフ、後を追う。

奈緒美も去ろうとする。

ハシモリ　その時、私のことを思うのだ。

奈緒美　どんなことが起こっても、あなたのことだけは絶対に思わない。

ハシモリ　それでいい。

奈緒美　えっ?

ハシモリ　私のことを思わないと思えば思うほど、お前は私のことを思う。私のことを忘れるには、「忘れ川」の水を飲むしかないのだ。

奈緒美　……。

奈緒美も去る。

見つめるハシモリ王。

暗転。

第十章

トコフ（声） 帰り道は、遠かった。気持ちだけは焦《あせ》ったが、それがかえって歩みを遅くした。

明かりつく。
人形の三人が歩いている。
先頭がトコフ人形、イリマ人形、奈緒美人形の順。
操作しているのは三人。

トコフ（声） なによりも、振り向いてはいけないというプレッシャーが全員をしばりつけ、不安にした。
トコフ いいですか。振り向いちゃいけないんですからね。気をつけて下さいよ。
イリマ ねえ、トコフ。
トコフ （振り向く）なんです？　……あー！　振り向いてしまったあああ！
奈緒美 トコフさん！
トコフ 私は誰？　トコフ！　ここはどこ？　冥界！　私の好きなものは？　毛深いおっぱい！　私の自慢は？　クリスタルなキンタマ！　……忘れてない！　どういうことだ？　忘れてないぞ！

イリマ　どうして⁉

トコフ（声）　私の身を挺《てい》した勇敢な実験の結果、振り向いてはいけないのは、王子だけだと分かった。

奈緒美　そうか！　大切なものを持ち帰る人だけが振り向いちゃいけないのよ。

トコフ　なるほど！　呪文を持ち帰ってる王子だけが振り向いちゃいけないんですね。

イリマ　なるほど……。

トコフ人形、イリマ人形の後ろに回って、

トコフ　ねえ、王子。ねえ、ねえ、王子。ねえ、王子。

イリマ　……トコフ。それはなんのつもりだ？

トコフ　何って、王子が振り向かないようにする訓練ですよ。ねえ、王子。ねえ、ねえ、王子。ねえ、王子？

奈緒美　からかってるようにしか見えないわよ。

トコフ　うん。すごく楽しい。

イリマ　トコフ！

奈緒美　王子は振り向かなくても話せるように、一番後ろがいいんじゃないですか。

トコフ　なるほど！　奈緒美さん、賢い！

奈緒美　ふつう、考えつくでしょう。

先頭が奈緒美人形、トコフ人形、イリマ人形の順番になる。

トコフ　（「！」のたびに振り向きながら）王子！　これで！　王子は！　振り向か！　なくても！　話せますね！

イリマ　うるさいよ。

奈緒美　ねえ。私、さっきからずっと嫌な予感してるんだけどさ。ここ、さっきと同じ場所だよね。

トコフ　そんなわけないでしょう。

イリマ　奈緒美さんもそう思いますか。どうやら、私達はまた、迷ったらしいですね。

トコフ　えー！　そんなー！

イリマ　いちいち振り向かなくていいから。

トコフ　とにかく歩きましょう。なんとかなりますよ。

トコフ（声）　けれど、なんともならなかった。永遠かと思う時間、私達は歩き、迷った。

森の背景が（映像などで）ループして延々《えんえん》と続く。

トコフ（声）　誰かが嘘をついているから、冥界も嘘をつき続けているとしか思えなかった。どんな嘘を？　……冥界の出口を目指しながら、じつは冥界から出たくないと思っているという嘘だ。

イリマ　ダメだ！　いくら歩いてもムダだよ！

奈緒美　王子……。

イリマ　全ては、僕のせいなんだ！　分かってるんだ！　……えっ？

イリマ人形、周りを見る。

イリマ　誰？

トコフ・奈緒美　？

イリマ　まさか……。その声は……

母親　そうです。私です。

黒衣達が母親の人形を持って登場。
アプリコットの花のイメージの衣装。
それは、三人のデフォルメした人形と違い、文楽の人形のようなリアル。（黒子三人で操作する）
（母の声は、最初は録音の女性の声。やがて、途中からそれにかぶせて、黒衣二人が同時に話し始める。そして黒衣だけの声になる）

イリマ　母さん！

イリマ人形、思わず振り向きそうになる。
トコフ人形、駆け寄り、止める。

トコフ　王子！　ダメです。振り向いたらダメです！

母親　イリマ。大きくなって。まさか、もう一度お前に会えるなんて……。

イリマ　母さん！

トコフ　ダメです！　王子、振り向いたらダメなんです！

イリマ　母さんを見たいんだ！

トコフ　王子、ムーンウォークです！

イリマ　なに？

トコフ　ムーンウォークで後ろに下がるんです！　そしたら、振り向かなくても、見えます！

イリマ　なるほど！

奈緒美　ムーンウォークじゃないとダメなの？

イリマ、人形を持ったまま、ムーンウォークして、後ろに下がり、母親の人形の前を通りすぎる。

イリマ　母さん！

母親　おお。イリマ。お前をもう一度、見ることができるなんて。元気にしていましたか？

イリマ、自分の人形を捨て、黒衣の面を取り、等身大の自分として母親の人形を見る。

イリマ　母さん！　僕はこんなに大きくなりました！　母さん！

母親　おお、イリマ。

母親の人形、イリマの体を触る。（この辺りから、黒衣達の声だけになる）

母親　大きくなって。感じますよ。お前が今まで見てきてこと、感じたこと、笑ったこと、泣いたこと。今、母さんの心に溢《あふ》れる水のように流れ込んで来ています。
イリマ　母さん。どうして、どうして、
母親　ごめんなさい。お前を残して死んでしまって本当にごめんなさい。
イリマ　母さん。
母親　つらかったんですね。淋しかったんですね。苦しかったんですね。よくハシモリ王の言葉と仕打ちに耐えました。
イリマ　母さん。僕……僕……
母親　感じます。お前の不安、お前の怯え、お前の苦しみ。もう自分に嘘をつくことはないんです。さあ、全てを私に話しなさい。
イリマ　母さん。僕は、僕はキフシャム国の民が求めているような、立派な王になる自信がありません。
トコフ・奈緒美　！
母親　おお、イリマ。かわいそうに。その言葉をずっと心の底に沈めていたのですね。
イリマ　僕には無理です。僕はハシモリ王にはなれません。僕は、
母親　どうしたいのですか？
イリマ　僕は母さんの傍《そば》にいたいです。
母親　私の傍に？
イリマ　はい。僕は母さんと一緒にいたいです。
母親　イリマ。私と一緒に、ここで暮らしますか？

イリマ　はい。母さん。

奈緒美、人形のまま近づき、

奈緒美　待って下さい。王子は呪文を持って帰らないとダメなんです。
母親　あなたは？
イリマ　僕を冥界に導いてくれた人間の奈緒美さんです。
母親　そうですか。ありがとうございます。イリマはもう充分苦しみました。ここでゆっくり休ませようと思います。
イリマ　母さん。
奈緒美　それはダメよ！
イリマ　奈緒美さん。今までありがとう。僕はもう疲れました。

奈緒美、思わず、面を取ってイリマに直接話しかける。(自分の人形は抱えたまま)

奈緒美　何言ってるの！　そんなのダメでしょう！　王子、お母さんは死んでいるのよ！　あなたは生きているの！　それを認めるしかないの！
イリマ　もういいんです。
奈緒美　だって、このまま、振り向いたら、お母さんのことを忘れてしまうのよ。
イリマ　そして、僕は子供に戻ります。

奈緒美　えっ？
イリマ　振り向き、全てを忘れて子供に戻ります。(母親に) だから、母さん、僕をもう一度、育てて下さい。
母親　イリマ。もう一度、お前を育てられるのですね。ああ、こんな時が来るなんて。
奈緒美　ダメだって！　キフシャム国の国民を見捨てるの!?　それでいいの！　トコフさん、なんとか言って！

トコフはまだ人形のままで、

トコフ　王子！　しっかりして下さい！
イリマ　ごめんね、トコフ。僕は立派な王様にはなれないよ。
トコフ　王子！
イリマ　これでいいんだよ。僕が自分に嘘をついている限り、誰も冥界を出られないんだから。僕は残る。奈緒美さんとトコフはこれで戻れる。
奈緒美　(母に) それでいいの？　それが母親の幸せなの？　そんなの母親じゃないでしょう！
母親　私は、イリマが一番したいことをするだけです。
奈緒美　違うわ！　息子が一番したいことじゃないでしょう！　息子が一番幸せになることをするのが母親でしょう！　あなたは自分の淋しさに振り回されて、大切なことが見えなくなっているのよ！
母親　淋しい？　私が淋しい？
奈緒美　だって、冥界でずっと一人、王子のことを思ってたんでしょう。淋しいに決まってるわ！

母親　あなたに私の淋しさが分かるの？「忘れ川」の水も飲まず、冥界にずっと一人でいる私の淋しさが分かるの⁉

奈緒美　分かるわ。

母親　嘘！

奈緒美　嘘じゃない！　あなたの淋しさに比べたら、全然、甘いかもしれないけど、一人で闇の中にじっといる淋しさは分かるわ。

母親　どうして？

奈緒美　どうして？　だからそれは……

母親　あなたには子供はいるの？

奈緒美　いるわよ。

母親　あなたならどうするの？

奈緒美　えっ？

母親　子供にこう言われたら、あなたはどうするの？　あなたは淋しさに負けないの？

奈緒美　私は……

母親、奈緒美の体に触る。

母親　……おお。あなたも待っている人がいるんですか。待っている人に会えると思っているんですか？

奈緒美　ええ。絶対に会えると思ってるわ。

母親　そうなるといいですね。さあ、イリマ。あなたは充分がんばりました。（イリマの後ろに回って）

もういいでしょう。ゆっくりと振り向きなさい。

奈緒美　だめだって！　そんなことしたら、大変なことになるんだって！　そんなことしたら、

ハシモリ王が突然、現われる。
その姿を見て驚く奈緒美。
そして、全員。

トコフ　ハシモリ王！
母親　ハシモリ王！
奈緒美　（しまったという風に）ああっ！
イリマ　どうして!?
母親　どうしてここに!?
ハシモリ　愛しい我が子の姿を見たくてな。父親として当然のことだろう。
母親　なぜです？

母親、さっとハシモリ王に触る。
火花が散り、母親、ハシモリ王の思いに弾け飛ぶ。

イリマ　母さん！
母親　おお……恐ろしい。

イリマ　母さん！　どうしたんです！
母親　それでも父親ですか!?　あなたは、イリマが全てを忘れた後、入れ代わろうとしているんですね！
トコフ　なんですって!?
母親　無抵抗なイリマなら、簡単に入れ代われると思っているんですね。
イリマ　そんな……。
ハシモリ　マノイ、何を言う。誤解だよ。
母親　それでも父親ですか？
ハシモリ　黙れ！　マノイ！　それが久しぶりに会った王に向かって言う言葉か。イリマ、マノイはなにか誤解しているんだよ。さあ、イリマ。振り向くのだ。懐かしい母さんとずっと一緒にいられるんだぞ。
母親　ダメ！　振り向いたら、ハシモリ王はあなたと代わって、あなたは死んでしまうわ！
ハシモリ　何を言うんだ。マノイとずっと一緒にいたいんだろう。それはつまり、死ぬってことじゃないか。さあ、イリマ、振り向くのだ。
イリマ　……。
母親　ダメ。イリマ、死んではダメ！
イリマ　母さん。
母親　イリマ！　逃げなさい！
ハシモリ　マノイ！　何を言う！
母親　イリマ、母さんを許して！　私には、ハシモリ王の企みを止める力はないのです！　でも、あなたは死んではいけないの！　さあ、逃げるのです！

ハシモリ　マノイ、落ち着くんだ！　一緒にいたいんだろう。
母親　イリマ！　あなたにもう一度会えて、本当に嬉しかった！　もう心残りはありません。
イリマ　母さん。
母親　死んではいけません。逃げるんです！　さあ、早く！
ハシモリ　イリマ、母さんを見捨てるのか!?

母親、ハシモリ王に飛び掛かる。

母親　イリマ、逃げて！
ハシモリ　（母親を振り払い）やめろ！
イリマ　母さん！
奈緒美　王子、逃げましょう！
イリマ　でも、
トコフ　逃げるんです！
ハシモリ　イリマ、待つんだ！
奈緒美　さあ、早く！
母親　逃げなさい！
イリマ　母さん！

奈緒美、イリマの手をひき、トコフはイリマの背を押して、逃げる。

ハシモリ　逃げられると思っているのか！

母親　イリマ！　絶対に振り向いてはいけません！

ハシモリ王の前に立ちふさがる母親。

にらみつけるハシモリ王。

暗転。

第十一章

すぐに明かり。
奈緒美に手を引かれ、トコフに背を押されて飛び込んでくるイリマ。

トコフ　どうして⁉　どうして、ハシモリ王が⁉
奈緒美　……。

イリマ、ムーンウォークで戻ろうとする。

トコフ　王子！　ムーンウォークでどこに行くんです！
イリマ　母さんを助けないと！
奈緒美　ダメよ！　お母さんの言葉を聞かなかったの⁉
イリマ　今頃、ハシモリ王は母さんを殴ってるんだ。いつもそうだったんだ！
トコフ　王子。キフシャムの民が呪文を待ってるんです！
イリマ　ムダだよ。

奈緒美　ムダ？
イリマ　この場所を見ろ。また同じ所に戻ってる。今のままじゃあ、絶対に冥界を出られないんだ。
トコフ　王子！　しっかりして下さい！　そんなことで王になれると思ってるんですか⁉
イリマ　うん。僕は王には向いてないんだ。
トコフ・奈緒美　王子！
イリマ　僕は、自分の気持ちにどうしても嘘がつけないんだ。今のままだと、永遠に冥界で迷い続ける。
奈緒美　お母さんはこれで心残りがないって言ったでしょう。「忘れ川」の水を飲むんじゃないかな。全てを忘れて生まれ変わるのよ。だから、王子もつらいけど忘れないと。
イリマ　「忘れ川」の水を飲まなきゃいけないのは母さんじゃない。ハシモリ王だ。ハシモリ王が飲むべきなんだ。そうしたら、母さんにまた会える。
奈緒美　王子。
トコフ　……分かりました。ちょっと、マノイ女王の様子を見てきます。
奈緒美　トコフさん。
トコフ　大丈夫。こっそり覗いてきます。もう「忘れ川」の水を飲んでいるかもしれないし。

トコフ、去る。

イリマ　……でも、どうして現われたんだろう。ハシモリ王はあの場所から動けなかったはずなのに。
奈緒美　……とにかく、絶対に王子は振り向いてはダメなんです。振り向くと、ハシモリ王がやってきますからね。

イリマ　どうして？
奈緒美　どうしてって……
イリマ　ひょっとして、奈緒美さん、何か知ってるの？　さっき、ハシモリ王と二人で何を話したの？
奈緒美　ハシモリ王、ハシモリ王って言わないで。ハシモリ王のことは考えないようにしてるんだから。
イリマ　どうして？
奈緒美　どうしてって、とにかく考えちゃいけないの。
イリマ　だからどうして？
奈緒美　だから、ダメなの。ハシモリ王のことは考えちゃダメなの。
イリマ　でも、考えちゃダメって思えば思うほど、余計に考えない？
奈緒美　だから、考えちゃダメなの。考えると、
ハシモリ　私が現われるんだよ。

ハシモリ王、現われる。

奈緒美・イリマ　！
ハシモリ　人間、また、私を呼んでくれたな。
イリマ　奈緒美さん。
奈緒美　だから、考えちゃダメなのよ！
ハシモリ　人間よ。お前の気持ちが分かったぞ。
奈緒美　えっ？

ハシモリ　マノイの思考を読んだ。お前にも会いたい存在がいるではないか。お前は幸福な奴だ。
奈緒美　どういう意味？
ハシモリ　お前の会いたい人間は冥界にいる。
奈緒美　えっ。
ハシモリ　一瞬と永遠の間《あいだ》で、お前の会いたい人間を見つけることなど、簡単なことだった。私に感謝しろ。つれてきたぞ。

ハシモリ、出てこいと導く。
夫の中田明雄が静かに登場。
第一章の時と同じスーツ姿。

明雄　……奈緒美。
奈緒美　……どうして、どうして、ここに……。

明雄、奈緒美に近づき、抱きしめる。
奈緒美は、呆然としたまま。

明雄　……すまない。
奈緒美　どういう意味？　なにを謝っているの？
明雄　君だけを残してしまった。

奈緒美、抱擁を解いて、

奈緒美　なんの話？　明雄、何を言ってるの？

明雄　本当にすまない。ずっと奈緒美のことが心配だったんだ。もう一度会えて本当に嬉しい。

奈緒美　明雄、何を言ってるの⁉　……あやかしね。あんたはニセモノの明雄だ。私をだまそうとしてるのね！

ハシモリ　お前をだましてどうする？　私はお前のためを思って連れてきたんだ。

奈緒美　嘘！（明雄に）あんたはニセモノの明雄！　明雄は冥界になんかいない！

明雄　奈緒美。僕だよ。僕は最後まで君を苦しめてしまった。

奈緒美　ニセモノは黙って！

明雄　あいつとはもう別れたんだ。

奈緒美　えっ？

明雄　地震の起こる一週間前、はっきりと別れたんだ。そのことをずっと言おうと思ってたんだ。でも、なかなか言えなくて。

奈緒美　……。

明雄　奈緒美、僕はもう一度、君とやり直したいと思ってたんだ。拓也と三人で、もう一回、生活をやり直そうって思ってたんだ。

奈緒美　明雄……。

明雄　最後に言えてよかった。これでやっと「忘れ川」の水を飲める。

奈緒美　えっ。
明雄　「忘れ川」の水を飲んで、全てを忘れて生まれ変わるよ。やっと心残りがなくなった。
奈緒美　全部忘れるの？
明雄　ここには過去しかないからね。過去だけを見つめ続けるのは苦しい。でも、君には未来がある。
奈緒美　未来……。
明雄　（ハシモリ王に）ありがとうございます。これで心残りがなくなりました。奈緒美、この方にお礼を言ってくれ。奈緒美、（僕はもう）
奈緒美　待って！　拓也が待ってるの。
明雄　拓也が？
奈緒美　冥界の入り口に待たせてあるの。拓也に会って。
明雄　本当なのか？
奈緒美　ええ。拓也が待ってるわ。
明雄　いや、しかし……
奈緒美　一緒に冥界の扉に行こう。王子、一緒に来て下さい。
イリマ　僕は……
奈緒美　冥界を出ようと思わなくていいから。だから、お願い。扉まで戻って。それなら、嘘じゃないでしょう。

トコフが戻ってくる。

トコフ　王子！　ハシモリ王とマノイ女王は仲直りしてました！　やっぱり、二人は仲むつまじい（ハシモリ王を見つける）ハシモリ王！

ハシモリ　私がどうしたと？

トコフ　あ、いえ、あの、あれえ？

奈緒美　トコフさん。冥界の扉まで戻ります。

トコフ　えっ？　あれ、こちらの方は？

明雄　奈緒美の夫です。

トコフ　これはこれは、こんな所で。私はトコフという、

奈緒美　さあ、戻りましょう。王子、いいですね。

イリマ　分かった。そのまま、奈緒美さんとトコフは冥界を出て下さい。私は、（と、ハシモリ王を見る）

ハシモリ　ほう。私に用事があるのかな？

奈緒美　（ハシモリ王に）もうあなたは現われません。あなたのことを考える時間は終りました！

ハシモリ　なんだと!?

奈緒美　王子、トコフさん。冥界の扉に急ぎましょう！　（明雄に）拓也が待ってるの！　さあ！

去る四人。

残されるハシモリ王。

暗転。

第十二章

すぐに明かり。
奈緒美が正面を向いて叫ぶ。
後ろに、イリマ、トコフ、明雄。

奈緒美　お願いします！　戻ってきました。拓也を、拓也を返して下さい！

ＧＧＫの声が響く。

ＧＧＫ（声）　ほお、よく戻ってきた。さあ、受け取れ。

ＧＫが二人、真ん中に空間を開けて登場。
真ん中に拓也がいるようなマイム。
奈緒美、一瞬、ためらう。

奈緒美　……冗談はやめて下さい。拓也はどこです？
ＧＧＫ（声）　ここだ。さあ、冥界を去れ。扉を通る時は決して振り向いてはならない。

ＧＫ、去ろうとして、

奈緒美　拓也！　どこなの？　拓也！　……嘘つき！　冥界は絶対に嘘をつかないって言ったのに！　拓也をどこに連れていったんですか？

ＧＫ、立ち止まる。

ＧＧＫ（声）　私があずかったのは、お前の思いだ。目には見えず、感じるだけの子供の思いだ。
奈緒美　何を言ってるの⁉　拓也はちゃんといましたよ。（イリマとトコフに）ねえ。
イリマ・トコフ　……。
奈緒美　拓也、どこなの⁉
明雄　（トコフに）本当に拓也がいましたか？
トコフ　えっ……ええ。
明雄　どんな服装でしたか？
トコフ　どんなって、王子。
イリマ　えっ、その子供らしい……。
明雄　子供らしい？　髪形は？

イリマ　えっ、髪形？　トコフ、

トコフ　えっ、髪形は……子供らしい、

明雄　拓也を見たことはないんですね。

トコフ・イリマ　（うなずく）

GK、静かに去る。

奈緒美　何を言ってるの。一緒にここまで来たじゃないの。

トコフ　奈緒美さん。じつは、拓也君は見えなかったんです。

イリマ　ええ。

奈緒美　何を言ってるの！　……（突然）拓也！　そこにいたの！　淋しくなかった？　ごめんね一人にして。さあ、拓也。パパよ。そう、パパがいたの！

明雄が奈緒美を後ろから抱きしめる。

奈緒美　どうしたの？　明雄、何？

明雄　……そこに拓也はいない。

奈緒美　えっ？　何言ってるの。ここに拓也がいるじゃないの。

明雄　拓也は冥界にいる。

奈緒美　……嘘よ！　拓也はここにいるのよ！　ここに！

明雄　拓也はいない。奈緒美、知ってるだろう。
奈緒美　いるわよ！　ここに！　見えないの⁉　拓也、笑ってるじゃないの！　ほら、拓也が笑ってるわよ！　明雄、見えるでしょう！　笑っている拓也が見えるでしょう！　拓也、パパよ！　拓也、よかったねー！　パパに会えてよかったねー！　ほら、拓也が笑った！　見えないの⁉　拓也の笑顔が見えないの！　拓也、パパに会えてよかったね！
明雄　……奈緒美。もういいんだ。

奈緒美の全身の力が抜ける。

全員　……。

奈緒美、すっと明雄から離れる。

明雄　？
奈緒美　明雄、「忘れ川」の水を飲むのね。
明雄　えっ……ああ。
奈緒美　私も飲む。

奈緒美、ポケットからハシモリ王に渡された小壜を取り出し、飲もうとする。

イリマ　奈緒美さん！
明雄　ダメだ！

明雄、思わず、小壜を奪う。
奈緒美、取り返そうとする。

奈緒美　どうして⁉　私は全てを忘れたいの！　もういいでしょう！　ここまで来たんだから！　もう、冥界の扉なんだから。

明雄が奪った小壜をすぐにイリマが受け取り、それをトコフに渡す。
トコフは、すぐに中の水を全て捨てる。
奈緒美は明雄と抗いながら、

奈緒美　私の力がなくても冥界を出られるでしょう。お願い！　私に「忘れ川」の水を頂戴！　私は全てを忘れたいの！

突然、水の入った容器を持って、ハシモリ王が出てくる。

ハシモリ　これを飲むがいい。
トコフ　ハシモリ王！

奈緒美　！

奈緒美、近づこうとする。
それより一瞬、早く、イリマ、その容器を激しく叩く。

イリマ　ダメです！

イリマに弾かれて、容器の水が全てばしゃと地面にこぼれる。

奈緒美　何をするの⁉

イリマ　飲んじゃダメなんです！

ハシモリ　人間、安心しろ。この器《うつわ》は、「忘れ川」とつながっているのだ。好きなだけ飲むがいい。

器から水が溢《あふ》れ始める。
そのまま、「忘れ川」の水は地面にこぼれていく。

ハシモリ　さあ、飲め。飲んで全てを忘れろ。そして、この冥界を住処《すみか》としろ。

トコフ　ハシモリ王！　まさか、

ハシモリ　数があえばいいと言っただろう。それが、冥界の掟だ。（剣を抜き、イリマを威嚇《いかく》して）安心しろ、イリマ。お前の命はもういらぬ。人間の命をもらって、私は城に戻るぞ。

奈緒美、水が溢れる器に近づこうとする。イリマ、それを止め、

イリマ　ダメだって！

明雄も奈緒美を止める。

奈緒美　はやく飲ませて！　私が壊れる前に！　私の心が哀しみに狂う前に！　全てを忘れさせて！

明雄　奈緒美、ダメだ！　君には未来があるんだ！　忘れ川の水を飲んじゃ、ダメだ！

奈緒美は抗う。
明雄が必死に止める。

ハシモリ　その人間は飲みたがっているんだ。なぜ、飲ませない！

明雄　はやく冥界を出るんだ！

奈緒美　はやく飲ませて！

明雄の手を払って、ハシモリ王に近づこうとする奈緒美。
イリマが止める。

イリマ　ダメです！

ハシモリ　（苛立ち）愚か者達よ！　お前達はキフシャム国を救いたくないのか！　どうして、私の復活に手を貸さないのだ！　人間、口を開けろ！

ハシモリ王、小さく呪文を唱える。
と、容器から溢れていた水、そのまま噴水のように上空に上がり始める。
そして、雨のように、「忘れ川」の水が降ってくる。
「忘れ川」の水に濡れ始めるイリマ達。

イリマ　（明雄に）奈緒美さんを！

明雄　分かった！

明雄、奈緒美が上を向かないようにしながら、水の落ちてくる量の少ない場所に導く。

ハシモリ　愚か者め！　……家来たち、出てこい！

ハシモリ王の家来が四人、剣を構えて登場。
その中には、ミスタン。

イリマ　なんだお前達は！

ハシモリ　冥界にいる、私の忠実な下部《しもべ》だ。
トコフ　あっ、ミスタン、どうしてここに！
ミスタン　トコフ様。タチアカ様にやられました。
トコフ　タチアカ王に！　くそう。さ、こっちへ！
ミスタン　ハシモリ王の命令に背《そむ》くことはできません！
トコフ　死んだ者と生きている者のどっちの命令を聞くんだ！
ミスタン　それは……
ハシモリ　さあ、「忘れ川」の水を人間に飲ませるのだ。

家来達、剣を構える。

トコフ　奈緒美さんの旦那さん。これを！

トコフ、リュックから伸縮式の戦闘棒を出して渡す。

明雄　奈緒美、絶対に飲むなよ。
奈緒美　あなただって飲むじゃないの！
明雄　お前は生きてるんだ！　生きて、俺と拓也のことを覚えておくっていう大切な仕事があるんだ。
奈緒美　えっ。
ハシモリ　さあ、そこをどけ。

ハシモリ王、ゆっくりと剣を抜く。

イリマも剣を構える。

イリマ　嫌です。
ハシモリ　愚かな。

「忘れ川」の水が降り続ける中、戦いは始まる。

ハシモリ王の剣がイリマに打ち下ろされ、イリマがそれを弾き返す。

ハシモリ王の家来とミスタンが、トコフや明雄、奈緒美を襲う。

明雄は奈緒美をかばいながら、伸縮式の戦闘棒で襲ってくる家来をかわす。

トコフは勇敢に家来と戦うが追い詰められる。その時、ミスタンは、トコフを助けて、家来に切りかかる。

裏切ったミスタンを、ハシモリ王は殺す。

イリマは家来を倒していく。

「忘れ川」の水は降り続け、全員が濡れていく。

やがて、イリマとハシモリ王の一騎討ちとなる。

落ちてくる水、その量を増す。

水に打たれながら、戦い続けるイリマとハシモリ王。

やがて、ハシモリ王を倒すイリマ。

イリマの剣が、ハシモリ王を突き刺す。

イリマ、ハシモリ王の口を強引に開ける。

イリマ さあ飲め！　「忘れ川」の水を飲んで、母と子を全て忘れろ！

ハシモリ王の口に「忘れ川」の水が流れ込む。
イリマ、よろよろとハシモリ王から離れる。
その時、声が聞こえる。

母親（声） さあ、走るのです、イリマ。

母親の人形が現われる。（黒衣が操作している）

イリマ 母さん！

母親 振り向いてはいけません。走るのです。水から逃れて走るのです。

依然として水が振り続けている。

明雄 奈緒美、走れ。

奈緒美 でも、

明雄の上にも激しく水が落ちる。

明雄　走れ！　振り向くな！　振り向くと水に呑《の》まれる！

母親　イリマ、走るのです。

明雄　奈緒美、走れ！

奈緒美　嫌です。あなたと拓也を残して走るなんて嫌です！

イリマ　奈緒美さん、奈緒美さんは走るんだ！

母親　イリマ、走るのです！

イリマ　嫌です！　母さん！　僕は、僕はやっぱり、

奈緒美　王子、王子、王子は走るの！

トコフ　王子、奈緒美さん、走りましょう！　キフシャム国の民が待ってるんです！

明雄　奈緒美、走れ！　振り向くな！　振り向くと水に呑まれる！　冥界の坂を駆け上がれ！

母親　イリマ、走って！

明雄　奈緒美、走れ！　お前の仕事は幸せになることだ！　幸せになってずっと俺たちのことを覚えておくことだ！

奈緒美　明雄！

イリマ　母さん。待ってて下さい。僕は必ず戻ってきます！

母親　イリマ！　前を向いて走るのです！　前だけを向いて！

イリマ　母さん！

母親　イリマ、走るんです！

明雄　奈緒美、走れ！
母親　イリマ！

イリマ、叫び声を上げて走り去る。
明雄がうなずき、奈緒美もうなずいて、イリマに続く。
トコフは、母親と明雄に小さく会釈して走る。
走り去る後ろ姿を見つめる、明雄、そして母親。
横たわるハシモリ王。
水は降り注ぐ。
母親と明雄の顔を一瞬残して、暗転。

第十三章

暗転の中、トコフとイリマの声が聞こえる。

トコフ（声） なんだ？　どういうことだ⁉
イリマ（声） トコフ、洞窟はどこまで続くんだ？
トコフ（声） いいえ、もう外に出ているはずなんです！
イリマ（声） でも、何も見えないじゃないか。まだ冥界なのか？
トコフ（声） いいえ、そんなこと絶対にないと思います！
イリマ（声） （ふと）奈緒美さん？　奈緒美さん、いますか？

間。

イリマ（声） 奈緒美さん！　奈緒美さん！　トコフ、奈緒美さんは⁉
トコフ（声） え⁉　さっきまで一緒でしたよ。
イリマ（声） 奈緒美さん！　奈緒美さん、どこです！

トコフ（声）　奈緒美さん！　奈緒美さん！
イリマ（声）　奈緒美さん！

と、カシハブが松明を持って出てくる。

カシハブ　そこで叫んでいるのは誰です⁉
トコフ　カシハブ博士！
カシハブ　その声はトコフ執事！
イリマ　カシハブ、ここはどこだ？
カシハブ　おお、イリマ王子。よくぞ御無事で！
イリマ　カシハブ、一体、どうなっているんだ？
カシハブ　テプガンズ国の闇です。
トコフ　何⁉
カシハブ　闇が西の果てまで来たのです。
イリマ　西の果てまで……。キフシャム国全体か？
カシハブ　いえ、まだ国土全部ではありません。
トコフ　ここで、奈緒美さんを、人間の奈緒美さんを見なかったか？
カシハブ　いえ、誰も。それより、王子、タチアカ様が闇に向かって突撃しました。
イリマ　何⁉
トコフ　なんと⁉

イリマ　それで？

カシハブ　もう一週間近く、なんの連絡もありません。

イリマ　どうして待てなかったんだ……（はっと）我々が冥界に旅立って、どれぐらいたった？

カシハブ　二週間です。

イリマ　二週間……。

トコフ　あれから二週間もたったのか……。

カシハブ　一週間を過ぎた時から私はずっとここで、王子の帰りを待っていました。

イリマ　そうか。

カシハブ　王子、それで、呪文は？

イリマ　ああ。

カシハブ　おお！　手に入れられたのですか！

イリマ　これが闇の呪いを解く呪文だ。

イリマ、懐から玉を取り出し、小さな声でぶつぶつと呪文を唱える。
玉、明るく輝き始め、周りの闇を消していく。

カシハブ　おお。闇が消えていく。

するど、奈緒美が姿を現わす。

奈緒美　王子！
イリマ　奈緒美さん！
奈緒美　ここにいたんですか。

奈緒美、駆け寄る。
その後ろから、闇の中の残忍な存在が追いかけて来る。

トコフ　あぶない！

黒いマント、顔を覆う黒いマスクの残忍な存在は凶暴な黒い刃で襲って来る。

奈緒美　なんなの⁉

イリマ、その刃を交わし、残忍な存在を剣で切る。
残忍な存在、無機的な音を出して空中に消える。

カシハブ　あれが闇の正体なのか……
トコフ　闇の正体？
カシハブ　闇の中に、あれがたくさん隠れていたとしたら……
イリマ　急ごう。はやくキフシャム国中に、この光の呪文を。

ミスタン　そうですね。

イリマ達、去ろうとした瞬間、タチアカが現われる。
タチアカはかなり消耗している様子。

タチアカ　やっと、戻ってきたか。
カシハブ　タチアカ様、どうしてここに⁉
タチアカ　闇の中を走り続けて、ようやくたどり着いた。
イリマ　闇に戦いを挑むのは、無謀《むぼう》だと言ったでしょう。
タチアカ　一週間の約束を破った奴に言う資格はない。
イリマ　兵士達はどうなったんです？
タチアカ　うるさい！　闇の呪いを解く呪文は手に入ったのか？
イリマ　あなたに答える義務はありません。
タチアカ　トコフ！　手に入れたのか？
トコフ　えっ……ええ。
タチアカ　そうか。

タチアカ、剣を抜く。

タチアカ　それでは、それをいただこう。

イリマ　バカな。

イリマ、剣を抜く。

タチアカ　呪文は、真の王に相応しい。

タチアカ、イリマに切りかかる。
イリマ、それを跳ね返す。
明らかに、第三章での戦いより、イリマは成長している。
タチアカ、戸惑う。
しばらく戦い、突然、奈緒美に近づき、剣を突きつける。

タチアカ　さあ、呪文を寄越せ。そうしないと、この人間が死ぬぞ。
奈緒美　！
イリマ　奈緒美さん！　卑怯だぞ、タチアカ！
タチアカ　うるさい！　さあ、呪文を寄越せ！
カシハブ　もう人間の必要はないんです。その人間が死んでも、我々には痛くも痒《かゆ》くもありませんよ！
タチアカ　そうか。

タチアカ、奈緒美に剣を突きつけようとする。

イリマ　待て！　奈緒美さんを傷つけるな！
カシハブ　王子。もう人間は必要ないんですよ。
イリマ　何を言う、カシハブ。私達を冥界に導いてくれた恩のある存在なんだぞ。
カシハブ　それはそうかもしれませんが……
タチアカ　その甘さが、お前が王になれない弱さなんだよ。さあ、呪文を寄越してもらおう。
イリマ　……。
タチアカ　トコフ。
トコフ　は、はい。
タチアカ　この人間に剣を突きつけろ！

タチアカ、奈緒美をトコフのほうに突き出す。

トコフ　あの……
タチアカ　トコフ、急げ！
トコフ　は、はい。

トコフ、奈緒美を後ろ手にひねり、剣を突きつける。

奈緒美　トコフさん⁉

カシハブ　トコフ殿！
イリマ　トコフ……
トコフ　あ、いや、あの、これは、その、
タチアカ　トコフはこのタチアカこそが、キフシャム国の王に相応しいと思っているのだ。
奈緒美　そうなの⁉
トコフ　違いますよ！　何、言ってるんですか！
タチアカ　イリマは頼りないから、私が王になるべきだと言ったではないか。誓いの証文もあるぞ。
イリマ　トコフ！
トコフ　違うんです！　最初はそう思ってたんです。最初は王子はちょっと頼りないなーって……
カシハブ　トコフ殿！
トコフ　だから、最初だけなんです！　今はもう違うんです！　本当です！
タチアカ　トコフは大臣になりたいんだ。なあ、トコフ。
トコフ　えっ、あの、
奈緒美　大臣⁉　買収されたってこと⁉
トコフ　いえ、あの、そうじゃなくて、
奈緒美　さいてー！　あんたの印象、１８０度変わった！　もう、人間として、じゃなくてタヌキとして絶対に許せない！
トコフ　いや、だから、
タチアカ　大臣になったら、どんなタヌキもよりどりみどりだぞ。
奈緒美　もう、サイテー最悪のキンタマ野郎！

トコフ　だから違うんです！　私はただただ、キフシャム国の未来を考えて、
イリマ　トコフ、私ではダメですか。
トコフ　王子。
イリマ　私では、キフシャム国の王はつとまりませんか？
トコフ　……。
タチアカ　お前のような弱虫が王になれるはずがなかろう！　さあ、この人間の命が惜しければ、呪文を渡すのだ。私がキフシャムを救う王になる！

トコフ、すーっと剣を下ろし、

トコフ　いえ、王子は立派なキフシャムの王になると思います。
奈緒美　トコフさん！
タチアカ　トコフ！　お前の目は曇ったか！　バカものが！
トコフ　王子、すみませんでした。
イリマ　トコフ。
タチアカ　ふざけるな！

タチアカ、イリマに切りかかる。
イリマ、応戦して戦う。
タチアカ、腕を切られる。

タチアカ　私が王だ！　……父上！

タチアカ、叫びながら去る。

カシハブ　追いかけましょう！
イリマ　いや、今はキフシャム国から闇を消すことのほうが先だ。
トコフ　王子。すみません。タヌキ代表として、タヌキの名前を汚《けが》してしまいました。私の愛くるしいキンタマにかけて、死んでお詫びします。
イリマ　トコフ、どこから回ろうか？
トコフ　えっ？
イリマ　キフシャム国は広いぞ。
カシハブ　イリマ王子、いいんですか？　裏切り者ですよ。
イリマ　裏切ってなんかないよ。ただ、迷っただけだ。なあ。
トコフ　……王子。
イリマ　その前に、奈緒美さんを戻して上げないと。
奈緒美　えっ？
イリマ　本当にありがとうございました。あとは、私達の仕事です。
奈緒美　……そうね。もう、帰る時間ね。ありがとう。
イリマ　それは私の言葉です。

奈緒美　ううん。ありがとう。
イリマ　……トコフ。

トコフ、深くうなずき、

トコフ　人間国への道、開け！　アブダデロゲンペロ、ゴンザクリンウシテケプー！

光が満ちてくるのを感じる。
それを見つめる奈緒美。その姿を見るイリマ。
やがて、奈緒美、イリマへと目を移す。
イリマは、人間国へと続く光を見ている。
暗転。

第十四章

暗転の中、ノックの音がする。

関口（声）　中田さん。中田さん。

明かりがつくと、そこは中田家のリビング。
ただし、第一章に比べて、テーブルと椅子が舞台の奥に置かれている。
舞台の一番前に、奈緒美が立っている。
関口が入ってくる。

関口　失礼しますよー。また、来ました。

奈緒美　……（見上げている）

関口、奈緒美を見つける。

関口　中田さん、お庭でしたか。
奈緒美　……（見上げている）
関口　あまり外に出ないほうがいいですよ。放射線量が高いですからね。……どうしました？
奈緒美　咲いてます。
関口　えっ？　……ああ、本当ですね。咲いてます。（思わず見つめて）あの花は……
奈緒美　杏《あんず》の花です。
関口　杏ですか。綺麗な花ですね。放射線量が高くても、ちゃんと咲くんですね。
奈緒美　知らないうちに咲いてたんです。知らないうちに。
関口　……あの、拓也君は？
奈緒美　いますよ。
関口　そうですか。（室内を見渡して）どこに？
奈緒美　（胸を押さえて）ここに。
関口　えっ？
奈緒美　拓也は、ここに移りました。
関口　……。

びゅうと風が吹く。
杏の花びらが舞い始める。
いちめんの花びら。
客席にも、杏の花が舞い続ける。

花びらを見つめる奈緒美。
ゆっくりと暗転。

完

あとがきにかえて

２０１１年３月11日に東日本大震災が起こって数か月後、僕は『虚構の劇団』のメンバーとともに、初めて福島を訪れました。残念ながらボランティアではなく、夏に上演する『天使は瞳を閉じて』の作品の取材のためでした。

もともと、『第三舞台』で、１９８８年に上演した作品を、『虚構の劇団』版として再演するための調査でした。

この作品は、原子力発電所の事故で、世界に放射能が満ち、人間が住めなくなった近未来が舞台です。見守るべき人間がいなくなった天使が、二人、登場します。一人が、ある日、透明な膜に覆われた街を見つけます。透明な膜は、街の人々を放射能から守っていたのです。

街の人々は本当に幸福そうで、その姿に感激した一人の天使が、「天使をやめて人間になる！」と宣言するところから物語は動き始めます。

福島を訪れ、津波に襲われた風景を見て、僕は絶句しました。

かつて住宅地だった、そして今は、家の土台がわずかに残る、荒れ地を前にした時、それはリアルな風景には思えませんでした。まるで、ダークファンタジーの舞台のような、荒涼たる地獄のように感じました。

じっとその風景を見つめているうちに、僕は「演劇になにができるんだろう」と考えていました。自分は今、演劇をやっている。自粛の嵐が吹き荒れた3月4月にも、『虚構の劇団』で『アンダー・ザ・ロウズ』という芝居をやった。それは、演劇をすることが、自分にとっての震災に対する活動だと思ったからだ。人の心が迷う時こそ、芝居をするべきなんだ。芝居は、そういう時に生まれたものなのだ。

それは、揺るぎない思いでした。

けれど、その公演が終わり、こうして、かつて住宅地だった場所に立ち、人々の生活の痕跡《こんせき》があちこちに散らばり、うずたかく積もり、海まで視界をさえぎるものが何もない空間を前にして、次に自分はどんな演劇を創ればいいのだろう、と考え込んだのです。

たとえば、今、目の前に、津波で愛する夫と子どもが行方不明の女性がいたら、僕はなにが言えるのだろう。どんな言葉をかけることができるのだろう。彼女に対して何ができるのだろう。

演劇は、彼女に対して何ができるのだろう。彼女にとって、演劇はなにか意味があることができるのだろうか。彼女にとって、演劇が寄り添うことが何かの意味になるのだろうか。

そして、演劇を続けている僕は、彼女に何ができるのだろうか。

僕は、無残な荒野を前にして、ずっとそのことを考えていました。

すぐには答えは出ませんでした。ただ、その風景と記憶、体験は、ずっと僕の心の奥深くに留まっていました。恥ずかしく言えば、魂の奥深い所で、いつも「演劇は彼女に何ができるんだ?」とつぶやき続けていました。

そして、それから2年たって、ようやく作品にすることができました。


もし、上演しようという方がいらっしゃるのなら、いくつかのアドバイスを。

この作品は、読んでお分かりのように、まずは圧倒的に楽しいファンタジーでなければいけないと思っています。

僕自身の上演でも、まずは楽しさを目指しました。哀しみを癒せなくても、哀しみを忘れさせるためには、楽しくないとダメだと思ったのです。

人形などのシーンは、いろいろとやり方があると思います。映像だと、場所を変えることで、冥界《めいかい》の旅を表わすことが比較的簡単にできますが、舞台は簡単には風景を変えることはできません。それを限界とか欠点と考えるのではなく、それを逆手に取って、楽しく、いろんな表現を(たとえチープになってもいいですから)トライして下さい。

人形がうまく作れなくても、それを操作する俳優が圧倒的に楽しんでいれば、人形劇は成立すると思います。

「赤い花の咲く丘」の表現も、いろいろ試して下さい。上演では、アニメーションを創って上映しましたが、紙芝居でもシルエットでも可能だと思います。要は、表現の変化をつけることです。

地蔵の頭は、簡単なトリックで成立します。頭部だけを作って、箱の中に入れる瞬間に、俳優が、さっと首を突き出すのです。

この時、奈緒美さんが、背中で入れ替わりを観客の目から隠すことが大切です。

母親の声は、上演では、黒衣2人が同じセリフを同時に話しました。これも、唯一の方法ではないと思います。舞台の袖から、1人がマイクを使ってずっと話す、という方法もあるでしょう。

この作品に、本物の水は必要不可欠だと思っているのですが、アマチュアレベルで本水《ほんみず》を用意するのは不可能に近いと思います。

上演では、優秀なスタッフの努力で、紀伊國屋ホールでかつてなかった量の水を降らせることができました。なにせ、紀伊國屋ホールのスタッフが、降る水の圧倒的な量に、一瞬、言葉を失ったほどです。

僕としては、この作品を成立させるためには、登場人物達が、びしょ濡れになることが必要だと思ったのです。俳優たちが全身びっしょりと濡れ続けることが、この作品を深い部分で支えることだと考えたのです。

ですから、本水なしにこの作品を上演することが、どんな意味になるのか、僕には分かりません。

もしできましたら、どこか舞台の一部分に水が一筋、バトルの間だけ落ち続けているとか、ハシモリ王の器から水が溢《あふ》れるとか、なにかしらの本物の水が舞台に現われるといいんじゃないかと思います。

もちろん、本水を使わないままの上演もあるとは思います。どんな形であれ、確信を持ってやり遂げれば、作品は成立するのです。

奈緒美役の高岡早紀さんは、津波で傷ついた女性の哀しみと強さを見事に演じてくれました。タチアカやケルベロス、明雄を演じた伊礼彼方さんは、シリアスな面からギャグの面まで幅広く演じ切りました。ケルベロスは、伊礼さんの終生の当たり役ではないかと密かに思っています。それにしても歌がうまい。

トコフ役の竹井亮介さんは、コミカルでありながら、イリマ王子を支え、心配する執事がはまり役でした。安心の演技力で観客は爆笑しました。

ハシモリ王、GGK、関口を演じた大高洋夫は、多くの観客が三役を同一人物が演じているとは見抜けませんでした。ハシモリ王を二刀流にしたのは大高のアイデアです。

そして、宮田俊哉さんは見事にイリマ王子を演じ切りました。アイドルとして語られることが多い宮田さんですが、俳優としてじつに将来が楽しみです。宮田さんの存在が、この作品をファンタジーでありながらリアルなものにしたのです。

僕自身、自分がファンタジーを書くことになるとは夢にも思いませんでした。二十代の僕が聞いたら「ファンタジー？　そんな甘いもの書いてんのかよ」とシニカルに笑うかもしれないと思います。

けれど、年を重ね、ファンタジーは現実逃避の手段ではないと僕は考えるようになりました。もし、ファンタジーが現実から逃げ出すきっかけになるのなら、それは、一度、このハードな現実を逃げ出し、そして休息し、安心し、勇気を感じ、決意し、もう一度現実と向き合うためのエネルギーをもらうためだと感じるのです。

人間はそんなにバカではなく、ファンタジーひとつで現実から逃げ続け、全てを忘れることなんか不可能だと思います。本の最後のページを閉じた瞬間、劇場の幕が降りた瞬間、映画館が明るくなった瞬間、ＤＶＤがエンドクレジットを流し始めた瞬間、人間は否応なく暴力的に現実に戻されるのです。

その時、ファンタジーが始まる前より、心の体力が回復していれば、その物語もムダではなかったと感じます。

登場人物に感情移入しながらファンタジーを見ることは、決して立つことのない立場に想像力で立つことです。そうすることで、少しは世界を許し、世界を愛し、世界を憎む体力を得られるのではないかと思うのです。

鴻上尚史

上演記録

KOKAMI@network vol.12

『キフシャム国の冒険』

東京公演　2013年5月18日(土)～6月11日(火)　紀伊國屋ホール
福岡公演　2013年6月15日(土)～6月16日(日)　キャナルシティ劇場
大阪公演　2013年6月22日(土)～6月23日(日)　森ノ宮ピロティホール

作・演出｜鴻上尚史

キャスト

宮田俊哉(Kis-My-Ft2)
高岡早紀　伊礼彼方　竹井亮介　大高洋夫
小沢道成　三上陽永　渡辺芳博　岸本康太　菅原健志

スタッフ

美術｜松井るみ　音楽｜HIROSHI　WATANABE　照明｜中川隆一　音響｜原田耕児
振付｜川崎悦子　衣裳｜原まさみ　ヘアメイク｜西川直子
アクションコーディネーター｜藤榮史哉　映像｜冨田中理　演出助手｜小林七緒　舞台監督｜中西輝彦

演出部｜和合美幸、内田純平、牧野剛千、大刀佑介、成田里奈　照明操作｜林美保、国吉博文、古賀竜平
音響操作｜大西美雲　衣裳部｜矢作多真美、馬渕紀子　ヘアメイク｜小池美津子　映像操作｜神守陽介
人形所作指導｜相模人形芝居 下中座(林美禰子)　歌唱指導｜山口正義

大道具製作｜C-COM 舞台装置(伊東清次・櫻井俊郎)、オサフネ製作所(長船浩二)
小道具製作｜アトリエカオス(田中義彦・白石敦久)、石井みほ、清水克晋、高橋岳蔵(劇団☆新感線)、土屋工房(土屋武史)、バックステージ(藤浪三幸)、藤井純子、湯浅友美子 (50音順)
小道具協力｜高津映画装飾、藤田洪太郎(萩ガラス工房)
特殊効果｜インパクト(緒方宏幸)、ギミック(南義明・佐野竜仁)
衣装製作｜風戸ますみ(東宝舞台衣裳部)、佐藤美香　履物製作｜木口充恵
アニメーション製作｜大源みどり、斎藤菜月　VOCALOID マニピュレート｜だいすけP　映像撮影協力｜吉田龍悟
ヘアメイク協力｜vitamins、チャコット　美術助手｜平山正太郎　稽古場助手｜佐藤慎哉
ワークショップ協力｜浅野千鶴　運搬｜マイド

アーティストマネジメント｜ジャニーズ事務所、エアジン、KANATA Ltd.、イマジネイション、イイジマルーム、ジャパンアクションエンタープライズ

宣伝美術｜図工ファイブ、Gene&Fred　宣伝カメラマン｜TALBOT.
宣伝スタイリスト｜高木阿友子　宣伝ヘアメイク｜高橋真弓
撮影協力｜BB STUDIO HIROO　宣伝協力｜る・ひまわり(金井智子)
印刷｜深雪印刷(星川甲介・星川忠司)　ホームページ製作｜overPlus Ltd.
舞台写真｜田中亜紀　記録映像｜板垣恭一、K5

提携｜紀伊國屋書店 (東京公演)
製作協力｜サンライズプロモーション東京(東京公演)、キョードー西日本(福岡公演)、キョードー大阪(大阪公演)
当日運営｜ジョイン、石井舞、原佳乃子、安田裕美　キャスティング｜椎名浩子
制作部｜高田雅士、倉田知加子、保坂綾子、福岡彩香、関島誠、池田風見

助成｜文化芸術振興費補助金(トップレベルの舞台芸術創造事業)

企画・製作・主催｜サードステージ!

著者略歴
一九五八年生
早稲田大学法学部卒
作家・演出家
主要作品
『朝日のような夕日をつれて』
『デジャ・ヴュ』
『モダン・ホラー』
『ハッシャ・バイ』
『ビー・ヒア・ナウ』
『天使は瞳を閉じて』（クラシック版）
『トランス』（新版）
『スナフキンの手紙』（岸田國士戯曲賞受賞）
『パレード旅団』
『ものがたり降る夜』
『プロパガンダ・デイドリーム』
『恋愛戯曲』（新版）
『ファントム・ペイン』
『発声と身体のレッスン　魅力的な「こえ」と「からだ」を作るために』（増補新版）
『ピルグリム』（クラシック版）
『シンデレラストーリー』
『ハルシオン・デイズ』
『リンダリンダ』
『グローブ・ジャングル』（読売文学賞受賞）
『エゴ・サーチ』
『アンダー・ザ・ロウズ』
『演技と演出のレッスン　魅力的な俳優になるために』
『深呼吸する惑星』

サードステージ住所
〒一五一―〇〇五一
東京都渋谷区千駄ヶ谷一―一一―六
第2シャトウ千宗四〇一
電話〇三（五七七二）七四七四
ホームページアドレス
http://www.thirdstage.com

キフシャム国《こく》の冒険《ぼうけん》

二〇一三年一〇月　五日　第一刷発行
二〇一三年一〇月二〇日　第二刷発行

著　者 © 鴻《こう》上《かみ》尚《しょう》史《じ》
発行者　及川直志
印刷所　株式会社三陽社
発行所　株式会社白水社

東京都千代田区神田小川町三の二四
電話　営業部〇三（三二九一）七八一一
　　　編集部〇三（三二九一）七八二一
振替　〇〇一九〇‐五‐三三二二八
　　　郵便番号　一〇一‐〇〇五二
http://www.hakusuisha.co.jp
乱丁・落丁本は送料小社負担にて
お取り替えいたします

誠製本株式会社

ISBN978-4-560-08330-7

Printed in Japan